――此処にも、居たことがないのです

――陽射しが、硝子を、折れていました

この世へ、落剥されまいと、張り詰めている真円の、月のように

誰かへ向かって、この身をしんしんと注ぎたい

JN252469

現代詩文庫 235

思潮社

齋藤恵美子詩集・目次

詩集〈集光点〉から

装幀・菊地信義

詩篇

詩集〈異教徒〉から

漏壺

隠棲する女。撤退の面持ちで淡い夕映えをおちてゆく火
刑の腕。ともどもにしずもり、濡れた白髪が棕櫚の木蔭
にはこばれてくる。運河。その褐《かち》の猛りのきわに
　　　　　　　　　　　　　　　　　　　　　腐植土
の骨をまぶし、女は朽葉の調合にせわしなく身をさいな
む。小瓶にむらさきの丸薬はみちて。野辺をころがり、
まだ未曾有なままの化身に腰帯がひかり
　　　　　　　　　　　　　　　　　　遮光。工房にひ
そむ壺絵作家。ながいゆびは、褐色の肌に色あせた王道
を彫る。異邦の文字をそえて。女は伴侶の名をそこにか
ぎあて、赤い漆喰に三裂の木蔦を這わす
　　　　　　　　　　　　　　　　積年の、秘所の
くすぶりは遠目にも鼓動をくずし。鈍い水脈をわけて、
女は異者のまま枯れてゆく。運河。壺をみたす灰燼は伽
藍に舞い
　　とりみだす肉の蛹。聖衣の裳裾にも俗界の誹謗
はおよび、老僧は虚言をしつらえて列伝を記す。筆皿に、
貪婪な瞳はまよい、けわしい眉目は燭台をすべり
　　　　　　　　　　　　　　　　　　嬌声も
醒めた。明け透けな、女のとぼそから粘土が覗く。ささ
くれた木目。壺絵作家は臀《いさらい》の輪郭をひとしきりかたどり、
門口には野生スモモの腐肉が溶けて
　　　　　　　　　　　　　一瞥ないまぜればひ
とり、暁の納骨堂に女はいたのだ。石棺をこぼれる岩蓮
華の茂みのなかに。塑像も腐乱するそこで、半眼に閉じ
た伴侶はむせぶ
　　　　　　　水時計。死後の国境に喪心をからめて。
女は最後のクピドに胎動をゆるす。熱い丸薬が漏壺《ろうこ》をみ
たし、潤んだ半身は、すでに石膏の硬度に沈み

木靴

要塞を逃れ
女は臓器を枯らしている
踝の
抑揚がひずむ
鐘楼から
喃語のような嗚咽が漏れて

納屋を擦る
異邦の心音に会衆は共鳴し
刀傷沙汰も辞さない
赤面する
女難をこうむる巡察視
舞い出して
女は鉱泉の
湿りを遊んでは果ててゆき
巷説が挑むだろう

禍禍しい領土の淵で
萎えた日輪の
柔らかい光は流れ
城郭都市の海抜を探る
女は髪を梳く
亜流のように手首をさらし

凸面の姿見から
菌類の尺度で生息する部位
沐浴させ
笑い返し
女の先端は崩れている
逆光の中で
流罪者たちの交尾は続く
族長もまた

怯まず
対位法で答えよ
援軍は暴徒を駆り立て

教理が裏面に転記される時刻
音もなく
末路に碇泊する者がある
木靴が赤く骨を見せて
女は
裂開は
果ててゆく
異邦から
冥府の諧謔に退いたまま

舌尖

足場のない女が
群れて
触角を犯しあい
何処かの連打の音に紛れてゆく
武器庫の鍵を盗み
脇腹に
乾いた銃口をあてがう幼女もいて

度量が試される夜
緯度のずれを嗅ぎ当て
それでも投錨することをやめない
君主たち
ナルドの香油を塗りながら
素手が傷口を開き
月足らずの
最後の滋養物を掻き出してゆく

島国の
男は肥沃な腹を晒し
シーツの殺伐に身悶えする
荒くれた手管で
あざとい部分から抱いてゆき
唆し
躍起になり
ついと唇を探れば

女は骨になっている
雪白の
口蓋に縁取られた舌だけが
なお生きて
うねっているのだ
赤い湿りを炯々と光らせ

謝肉祭

*

喇叭手に誘《いざな》われ
四月の紫衣を剝ぐ
石灰《いしばい》の撒かれた街路は

駿馬の熱い蹄に疼き
無花果の欄干から
恩讐を靡かせる五彩の軍旗
罵詈の夜
伊達者は
道化服をゆるがせにしない
王笏を捨て鬘を潰し
仮装にはこぞって襤褸をこそ纏う

*

女乞食の形《なり》をした托鉢僧は

採石場の喧騒の椅子に
何世紀もの夜を座っている
異教徒もこの街路では
束の間の仮装を嗜み
金盃の面にその異形を垂れこめる
火山質の石くれを頬張りながら
岩を象る者どもや
莫蓙に横たわり木乃伊の滑稽役を買って出る者
捏粉のように

寺院の門にまつわる者

*

仮装の間の
まぐわいは許さない
鍍金が削げぬよう
肢体と肢体を練り合わせる仕草ならよい
仮装は悪態の一種だと
達観する無軌道な老看守
制服の下に樹蜂の甲羅を潜ませているのを
彼も観覧席も知らない

むしろ刑罰の変種だと
鹿爪らしく説いて回る
吝嗇家の蛮声も一度きり聞かない

骨董屋

旧市街の鎧戸をラテン的感傷で押しやれば
決まって骨董屋の店先に私は居るのだ
　　リボンの切り身　を　つまむ
　　　もえたつ　みかん
　　ウーゾ酒　あまく
総督のガラス張りの官邸《パレス》さえ及びもつかぬこの店のこの
豪奢
裸の異教徒には堪《こた》えられぬ幕間劇のひとときである
　　レエスの日傘　チェスの駒
　　　真鍮のスプウン　を
　　ブリキのストオヴで　あたためるよる
自動人形のドレスのたっぷりのタフタの布地
菫色の温い堆積に縫い上げたその流謫の襞を数えて
　　店主のくちぐせは　こうだ
　　　山賊ハ　オマエサンカイ
　　剝製の　鷲の　嘴
誰しも軍装の重さに耐え切れない休日がある
冥界にも記憶の風蝕作用にも身を馴染ませることができ
ず

　　象牙のランプ　鈴
　　　アンフォラ壺

柳細工の　バス　ケット

高窓からこぞって扇形隊列を眺めるひとたちの激しい視
　線
麻袋にひとつひとつ浚《さら》えてまわる透明な子供たち

　タイプライタア　です　か
　　うれました　きのう中古の
　帽子の　ひか　る羽根飾り

傭兵くずれの荒くれ男ならきっとこの白い脈搏を分かち
　あえるはずだ
聾啞の音節に怖じ気づくこともなくきっと

　ざっくりと　釦　つめた皿
　　虫喰いの　きいろい譜面
　これ　この　フルートください

（『異教徒』一九九三年思潮社刊）

詩集〈緑豆〉から

緑豆

ガラスの器で
水栽培の
緑豆もやしをつくってみた

ひとふくろの緑豆を
一晩　ひたひたのみずにつけ
ざるにあけた湿った豆を　ガラスに入れて
窓ぎわに置いておく

翌日　じっとのぞいていると
器の中でふくらみながら
緑の表皮が
ぷつっ　ぷつっと
はじまりのように裂けてゆく

手のひらで　器をつつむと　ガラスは
ほんのりとあたたかい

黒みがかった　水を吸わない　ひんやりとした死んだ豆
　は
ひとつひとつゆびで取りのけ
朝と晩には
水やりを欠かさない
四日ほどで芽が出そろうが
この芽は　食べてもにがいと思う

収穫どきの六日目からは
食べたいぶんだけ　ゆびさきでつまみ採る
ぱっくりわれた豆の表皮も
えだ根も
きれいに食べられた

丘

図書館を出て
すぐ道なりの　白根の
夕映えの丘に来て
丹沢の山の輪郭が
ふっと　激しくなっている

丘をくだる坂の途中の
カナエル株式会社の前で
水まわりの仕事を済ませた男が
山の　高さに立って
散水栓の蓋のあたりに　煙草の灰をなんども散らす
男の　よごれた靴のうしろで
誰かの車輪につぶされた黒い実が
乾いたばかりの舗装道路を
すっぱい　深い　むらさきに染めてゆく

痩せた子犬に巻きつけていた　胴の部分の

服をはずし
じぶんの腕の寒いところに
まっ赤なそれを　きりきりと巻いてみて
そのまま歩き始めた女の　肉づきのいい肩越しに
咲きすぎた白い木犀の
花がこぼれて音だけがゆれている

油のつまった分厚い爪で
散らされてゆく灰だけを踏みながら
夕映えの　いちばん端の
景色にすぎないわたしが立って
連なっている丹沢の　きびしいような影に向かって
いつまでも　ゆるくならない
ひとりの坂を下り始める

鉄くずのある家

水音だけの
見えない川が
歩道に沿ってひくくながれ
このあたり
金網越しの夾竹桃にふさふさと繋られて
ようやく音の途切れた路地の家内工場のブロック塀に
あふれかえった鉄くずの
山が　いまにも　崩されそうだ

日蔭に積まれて湿ったくずは
朽ちかけ
さびの　匂いをはなち
まだざらついていない部分は　らせんを巻いて
ちりちりと風にゆれ
開け放したサッシの窓の
奥に　機械と老人が見えていて
規則正しい刃音の中に
すわって　まぶしい鉄板を切ってゆく

通りに面した壁の柱の

きのうの日付の　ひめくりに陽があたり
簡易コンロの五徳のうえで
薬罐のふたが
こきざみに振れている

つぎつぎと　刃に削られて　ちぢれる鉄の
きれはしを見るために
伸びあがったわたしの横に　赤い車が
すっと止まり
ブロック塀の脇の木箱に束ねた手紙をさしいれると
鉄くずと　わたしを残し
つぎのポストへ移ってゆく

畳

まあたらしい畳に立つと
素足に
まだしめり気がふれてきて
蘭草に残る青い部分が　植物のまま
つよくにおう

ひとりの窓の
古い木枠の　きのうの位置に
一匹の蛾がとまり
海軍道路の桜並木を
ジープがしばらく揺らしつづける

夏の針をざくざくと見せながら
みどりのへりを
縫いあげる店先に
誰かの部屋の古い畳が　またひとそろい
はこび入れられ
西日のあたる素足の下で
青い蘭草は少しずつ枯れてゆく

風に素通りされるばかりの　部屋に　五歳の
留守番のわたしがいて

きのうの位置を抱えきれずに
あかるい障子を
うすくひらき
誰かが　きびしい旗を振るのを
おそるおそる眺めている

夏草

茎を引くと
ゆびのあいだをすれて
葉先が青く匂い
草が　わたしに　にじんできたので
そのまましばらく
染ませておいた

このみどりとつりあう色を　わたしはついに　持てずに
いるが
むしられるとき草が放つものと
ふれあうことはできる
歩道と垣根のさかい目あたり
わたしのゆびを　まぬがれたメヒシバが
つよい陽ざしを吸いながら　いまも
少しずつのびている

さばさばと　ひろがる土の　最後の一茎をひっぱると
わたしを草からへだてるような
すっぱりとした音がして
庭の熱い地面の上で
ふっと　ひとりになってしまう

研ぐ

春の蛇口のみずをそそぐと
くろずみながら
砥石はぬれて
濡れるはしからすぐかわくので　わたしは

なんども水を吸わす

ひんやりかたい石の上の
刃先にちからを　あさく載せて
すべらすたびに気息のような　音をたてて　ナイフは研
　がれ
砥石と　ちからと　刃先がとけて
うごきのなかで
どんよりと混ざりあう

切れ味の
決め手になるのは
このぎりぎりの　瀬戸際の刃
言いきかせて押しやるゆびに見えかくれする瀬戸際に
溶けだしてゆく肉声が
わたしのなかでも聴かれている

つるくさ

支える枝がすでにないのに、陽の方角へなおのびようと、蔓が、蔓とからみあって、互いのおもみをたえている。

重ねてみても、蔓どうしでは、頼りあえずにはばみあうのを、気づけず、ひとたび、交えてしまうと、二本は、容易にほぐれない。自虐のようにらせんをかさね、高さをついに、たもちきれず、そのまま、くらりと萎えた蔓を、荒地でなんども、目にしてきた。

金網の、途切れた場所でほうり出された蔓草が、自分の影にもつれながら、宙を、まぶしく抱いているのも、あの辛抱も、長く残れば、一途が過ぎて痛ましい。自分を他者へふれさせずには、立つことさえもかなわないのは、たった一人で身を立たすのと、同じくらいに、淋しいものだ。

土の中からこの世にとろりと、さしのべられた触手としての、蔓には、ただ前進だけが、身に許された営為だが、手あたりしだい灌木の、高さを盗んで走るそれは、ここにはない何かを激しく、たぐり続けているかにみえる。

身の奥底からこみあげてくる方角にしかすぎないものに、突きあげられて先端に、動きを深く、秘めさせながら、縦の力と横の力をからめて蔓は、あたらしい影を曳き、現れたわたしの肌にも、はじめてのようにふれていた。

板金屋の犬

おもては林で
畑のある背は山あいからでも
眺められたが
導水路から橋を渡って
道をたどればやはり白瀬の
里には近い　と指された川の　水は
ひんやり閉じている

右手に七基の墓を数えて
野ざかい道まで抜ける坂の
途中の　野菜直販所には　キャベツが
つやつや置かれてあって
わたしが茎に　寄ったはずみにホウセンカの種つぶが
地ならしされた土にぱらりと
正体のように散ってゆく
一日中　水音だけに　耳をひらいているようで――
素手を這わせて拾ったはずの
種の音さえ届かない

カナムグラと葛の葉が
増えるばかりの山沿いの　だらだら坂を折りかえさずに
挑むつもりでのぼりかけると
青空駐車のできる路地から
板金屋へつづく道を
切れた鎖を　ひきずったまま
犬が　ざらざら曲がっていった

夕市

ゆるぎ松から四つ辻に出て
青菜の畝を
田坂まで抜けきると
土曜のひぐれ　やさいや花を　商う
夕市が立っている

乳母車から抱きあげた　こどもを積み荷に
ふわり　載せて
蓋のあいた小箱に詰まったすももをえらぶ女のそばに
ほどいたばかりの大根と
葉ねぎの束が
ばさりとならび
野菜の奥には　ばら売りの　小菊やゆりも
匂うまま置いてある

ゆりになじんだ白いひとみを
ふっと
声のする青にもどすと
中鉢仕立ての苗木をはこぶ男が　値段を大きく叫び
葉むらのゆれる枝をにぎった軍手を
積み荷のかげに見せて
花の配置にさからうような　大股歩きで
トラックに消えてゆく

気持ちはまだ　さきほどの
てっぽうゆりに
やわらかく置きながら
籠盛りの　えんどう豆を　ざらりと買って
もどりかけると
ツメクサの　こまかい花がまばらにひらく脇道で
すれ違ったふくろの中に
青菜のみどりがあふれていた

川むこうの店で

メヒシバと　オヒシバを
歩道のきわに
びっしりのばす旧街道から　土手を下り
つめたい川に
てのひらでふれてみた

川むこうの
橋のたもとの和田表具店の板の間に
骨組みだけの古いふすまが
互いちがいに　ていねいにかさねられ
張り替えていた指をとめ　刷毛を置いて休む男と
糊をかわかす女の間に　ふわりと
紙がながれている

なめらかな
秋の真鯉の影がゆきかう帷子《かたびら》川の
まひるのふちの澄んだみなもを眺めていると　雲がひらき
裂けめに空が　ふかくのぞいて
ゆれあいながら青く　残り
橋の上から真鯉のほうへ　男が放つパンくずが
水にこまかく
やわらかくちらかって
わたしの岸にも　とどいている

川とわかれて陽ざしのなかへ
ひえた両手を　ゆっくりと引きあげて
歩きかけると
舗道へ抜けるすすきの中の階段に　羽をひろげて
青いトンボが
すきとおりながら死んでいた

白い庭

どの季節にも白い花を、枝に、茎に、絶やさぬように、草木を配した、商家の人の庭を、訪れたことがある。

初夏だったので、主木の梅は、すでに若葉が茂っていたが、うつぎの木が、こまかい花を、枝に、ふっさり咲かせていた。

お弔いの庭みたいでね、淋しいでしょう、とはにかまれたが、白い花は、影の色まで目にすがやかで、潔い。やはり白花ばかりを植えたある美術館の中庭に、通いつめて、それを手本に、自己流ですが、造りました。これから、木斛《もっこく》、梅花空木、沙羅の花もほころびます。

手本の庭には、完璧すぎる庭を嫌った施主の意向で、あえて一本、赤い花を咲かす椿が、植わっていた、自分はけれども、迷った末に、白い椿を植えてみた、赤を足すのも赤を引くのも、どちらも作為、目のためですよ、と聞かされながらその諦観を、その人らしいと思ったものだ。

ここが庭、と土を小さく囲った時にすでに花は、人の、作為の目にさらされて、所有の花、となってゆく。視線が花に積み上げられて、庭が、厚みを持ってゆく——。

色の主張のとぼしい花は、花そのものが、あらわになるから、こちらも、存在だけを立たせて、花に、対する気持ちになる。嘘は効かない、ひとみの中に、いささかの血も許さない、そんな気魄の白だからこそ、死者に倶するに、ふさわしい。

まぶたに、まだ純白の、うつぎの花の、残像を置いたまま、すこしはなれた沙羅の木へ、花もないのに、歩きだして、ひとみを据えた、その枝先に、風がありありとわたっていった。


（『緑豆』二〇〇二年私家版）

詩集〈最後の椅子〉全篇

塗り絵

輪郭だけのウグイスを
いろえんぴつで
父は、さぐり
「好きな色に塗ってください」
真っ赤なウグイスが、できあがる
「フェルトペンで、声もかきます。好きな声をかいてみ
　ましょう」
車椅子の背中をまるめ
ふるえるゆびで、父は、かく
技師だったころ、何百枚も、精緻な図面をひいたゆびだ
ホーホキョケ、とかかれている
「ホーホキョケ!」みながわらう
父も、わらう
わたくしだけが
笑顔で、涙をながしている

七夕

お米がたくさん取れますように
市橋さんは、迷わず書く
ホームに暮らして四年になる
マジックインキで、ゆっくりと書く
豊作だとの、お米がの、洪水みてえにあふれての
しろい、お米の川ができる
すねまで、もぐってしもうての
刈羽郡、中鯖石村、字久木太の生まれである
ご飯のたんびに、お膳に両手を
合わせるしぐさを忘れない
田んぼもめぇねぇ、かかあもめぇねぇ、ちっとも見ぇね

　が口ぐせだが
あの世への、道すじだけは、わかっている
そんな眼だ

市橋さんは、脚も悪い
ぷらりと関節がはずれている
お米が、しろい星くずみたいに、膝に
散っても気づけない

個室で

立たせて、オムツをはずしたとたん
待ちきれない重さが落ちて
あ、てのひらで、受けてしまう
証拠のようなあたたかさだ

こんなこと、あなたにさせて、すまない、ほんとに情け
　ない

親御さんに申しわけない
なんども、詫びを言うひとがいる

ありがとう、大変ねえ
ねぎらいながら、両手を合わせ
仏さんを拝むみたいに、深いお辞儀を
繰り返すひともいる

あんた、こんな仕事してて、いったい何が、面白いの？
哀れむような視線を向け
あきれかえるひとも、いた

面白い朝、もあるし、そう思えない夜、もある
他人のお尻に、自分のお尻の、ゆくえを眺めた午後、も
　あった

わたしはけれども、どんな思いも、ここでは
声には吐かせずに
ささえたものを便器へ流し

静かに、うんちを、ふいてゆく

八十五歳

大井町の
焼け野原の
古トタンの囲いの中の
煤けた地べたにコンロを置き
鍋に、たっぷり油を張った

べっこう色の機械油の
怪しい匂いが混じっていたが
餅網に、からりと載せた、芋や鰯のてんぷらは
闇市でも
トタン小屋でも
揚げるはしから、残らず売れた
戦争だって、平和だって、受け入れるしか能がなかった

もうけた小銭でカストリ飲んで
肺をやられて入院した
プレス工場を辞めた夏、脳が詰まって発作を起こし
右側だけが、生きながらえて
左のおれをささえている

車椅子も、貧乏も
施設ぐらしも、退屈も
空気のように受け入れて
八十五まで生きてきた
二年前の正月以来、顔を見せないかみさんや
金だけせびる息子のことも
いまでは、じゅうぶん許している
おれの中を、覗きこんでも、あんたは誰にも会えないだ
ろう

目尻から、ほんのすこうし
油のような涙が出た

恋愛経験

こいつはね、一度もね、恋愛したことないんだよ
車椅子から大声で
笹本さんが教えてくれる
若いころは軍隊だろ、かみさんとは見合いだろ

村越さんは笑っている
困ったように、すわっている
牡蠣殻町で六十年、下駄職人をしていた人だ
下駄をけずる夫のそばで
鼻緒をすげて五十年
村越さんの奥さんも、この秋、ホームに入ってきた

笹本さんは、恋愛、したの?
したさ、そりゃあ、何度もしたさ

向かいの部屋の川原さんとも、きっと、恋愛したいのだ
恋愛だけは、したほうがいい
川原さんにも教えている

戦地の話

挙手の礼を教えてやるぞ
指を眉毛にくっつけろ
モップがけをしていた腕を、しぶしぶ眉へ
引き上げると
脇があまい、指もあまい
ぴしりと、声が、叱りつける

隊員総勢一二〇人、生き残ったのはおれだけさ
戦車隊にいたころの、話が
きょうも止まらない
炎は敵に見つかるからよ
へびやカエルは、生で食った
ルソン、ラバウル、沖縄の、戦火を切り抜けてきたそう

だ
海の水はしょっぺえだろ
自分のしょんべん、飲んだもんよ

戦地の話をする人の、やや高ぶった声音の中に
自慢のような、自嘲のような、ひびきを
感じることがある
戦地を知らないわたしはいつも、ひびきの外に、とりの
　こされ
ひとみに炎を入れるように
他人の記憶を、ながめている

背中に弾を撃ちこむと、吹っ飛ぶんだよ、人間は
二メートルはゆうに飛ぶ
吹っ飛びながら、死ぬんだよ

元陸軍軍曹の、それが、最後の話になった
朝、食堂で、車椅子に
座りながら亡くなったのだ

自分の、おしっこの匂いのしみた
シートに
静かに抱かれていた

観音さま

ふっくら柔和な顔だちなので
観音さま、とみなは呼ぶ
九十五歳のてのひらに
あやかりたい、とふれにくる

ふれられている手の爪には、たいてい、うんちが詰まっ
　ていたが
(観音さまは、おむつをはずし
ところかまわずうんちをなさる)
切れ長の、目尻にいつも
ふんわり微笑をたたえているので、だれもが
気にせず握ってしまう

とうとい、ありがたい、うんちである
観音さまは、おいくつですか
そうね、三十くらいかしら
ほほえみながら、蜜柑の皮でも、つま楊枝でも、ぞうきんでも
目にふれるものすべてをつかみ
口に、ふくんでしまわれる

危ないものをいじらぬように
机をきれいに片づけて、並んでいると
わたしの腕を、うんちの爪できゅいっとつまみ
充ちたりたゆびを運んで
口に入れるしぐさをした
だめですよ
わたしの肉は、ちっとも、美味しくないですよ
爪をかわしていさめたけれど
観音さまは、ひるまない

獲物になったわたしはしばらく
観音さまに、食まれてみる
ふっくら柔和なてのひらに、うかうかと咲く花のように
とうとく、ありがたく、食まれてみる
観音さまの痛さ、とおもう

求愛

廊下の隅からゆったりと
車輪を、両手でまわしきって
いいでしょう、ねえ一晩
泊めてくださいい、いいでしょう
膝には、よもぎだんごを詰めて、輪ゴムをかけた和紙の箱
食べましょう、と誘っている
芳郎さんは部屋の中だ

花が蝶をさそうような
気ままで、なめらかな求愛が
あけすけで、奔放な、言葉がわたしに、ひどくまぶしい

自分の名前も言えないほどに
惚けてしまった紫乃さんが
自分が自分を手放しかけた、芳郎さんに寄り添って
オムツでぷっくりふくらんだ、お尻を
二つ、並べ合い
よもぎだんごを、そっと、かじる

いま昼か、と訊かれている

あきにれ公園

鳩の中へ
わっと駆け込み
ひらいた土にしゃがんでみせる女の子
辻公園は
あきにれの樹がうつくしい

ポップコーンをついばみながら、群れは
少しずつ移動して
地面に近くはこばれている私が、そっと袋菓子の、口を
ひらくと
もうくちばしに
取り囲まれて立っている

鳩も、鳩の吐き出すものも、見ようとしない男だったが
ベンチでビールを喉にそそぐ、手が
遠目にも、精悍だった
地べたにつながる仕事、だろうか
手近な鳩から、数えてゆくと

木洩れ日だ
車椅子の、目線のひくさにももう慣れた

地表がかたちで腰のあたりを
なぞりあげる振動にも
ゆきずりの、鳩が群れから、自由のなかへ羽ばたく音も

安息日、椅子のかわりに
私を走りだす声を聴く

さくら

眠ってばかりいるんだから
牛乳二本でじゅうぶんだろう

食事もろくにあたえてくれない息子とふたりで暮らして
　いた
老人ホームに保護されたとき
床ずれだらけの、からだだった
小学生ほどにちぢんだ背丈を、さらに折りたたんで
悪いの、わたしが、みんな悪いの
陽が落ちるたび、すすり泣いた

いとしいものの暴力を、責めずに、じぶんを責めていた
生きることしかできないからだを
憎むみたいに泣いていた

ぬり絵をすると、雪だるまも、さくらも
真っ黒に塗りあげた

チューブ

「ちょうだあい」と叫んでいる
椅子をきしませ
からだを絞りあげるように「ちょうだあい」と

色とりどりに擂りつぶされた
おかずの並ぶトレイから

粥をだらだらすくいながら、啜りながら
叫んでいる
「ちょうだあい、ご飯ちょうだい、しろいご飯ちょうだ
　あい」と

「いま、ご飯、食べてるでしょ」
ケアワーカーが教えても
すすり終えた小皿のふちを、にぎった匙でいらいら叩き
「ちょうだあい、はやくちょうだあい」
激しいひとみで、叫んでいる

糊ですね、どう眺めても、食事というより糊ですね
ご飯のすがたはどこにもない
栄養だけが並んでいる

その栄養を、ベッドで鼻から、流しこまれる人もいる

丸テーブル

お膳を両手でささげ持って
立ち上がろうとした瞬間
脚はもつれ
おじいさんは、椅子ごと床に転倒した

痴呆棟の食堂の
丸テーブルは三人掛けで
その日、二人のおばあさんが、いっしょに食事をとって
　いた
どすんという鈍い音を
二人の耳は聞いたはずだが
倒れ込んだおじいさんの、姿も両目に入れたはずだが
きくりともせず
悠然と、あんかけ豆腐を食べていた

職員たちは、おじいさんを、床に寝かせて脈をとり
看護士もすぐ駆けつけて

傷の手当てがはじまった
おじいさんの額から、吹き出した血は
床を染め
ストレッチャーが運びこまれ
救急隊が到着したが
それでも、二人のおばあさんは、濡れたお箸をうごかし
て
豆腐、ご飯、豆腐、ご飯
交互に、無心に、つついている
丸テーブルの、下を流れて、じぶんの靴までふれそうな
おじいさんの血の赤さにも
一瞥くれただけだった
風景が、ほんの少し、色づいただけ
というように

おじいさんの座席から、おじいさんの気配が消え
床はぬぐわれ
お膳の中の、くずれた豆腐が捨てられる
（あたしのとうふはくずれてない）

おばあさんは安心する
ひとりのとうふ
その味だけを
噛みしめながら、めしを食う

単語の人

車椅子に移りましょうね
ベッドのからだを抱えたとたん
肩を入れ歯がかぶりつく
爪がひっ搔く
めがねを払う
唸り声をあげながら、かかとで蹴りあげる人もいた

さむい、痛い、もういい、早く……
わずかな単語がこぼれるだけの
あるいは、それさえ言えない人の、気もちを
汲むのはむずかしい

ことばのかわりに暴力が、飛び出すこともしょっちゅう
　だ
歯形をつけられ、あざを腫らし
レンズをなんども砕かれながら
敵意ではない、言語なのだと、鈍い痛みを
受けいれる

この暴力と通いあう、単語を
わたしは探せないが
気もちのガラスに石をぶつけて、無理やり侵入するよう
　な
ことばだけは返すまいと
返されまいと、言いきかせる

爪痕も、傷もないのに、静かにわたしを
あふれでるものがある
ゆっくり単語を待っている
殴られる

不安

パジャマに着がえて寝てください
暗くなるたび、言われるけれど
「ぱじゃま」も「きがえ」も「ねてください」も
何のことだか、わからない
「かけぶとん」も「うわばき」も
「めがね」も「まくら」も「はぶらし」も、わからない
　から
服のうえから、ねまきをはおって歩いてみる
窓に、けしきが、ながれている
あかりのなかの雨、のようだ
匂いはしない
はだしになって、椅子のありかをひきよせる
わからない
じぶんはいつまで、この病院にいるんだろう
病院じゃあない、ホテルだよ、ここはね
老人ホテルだよ
息子のようなおとなが声で、おしえてくれた気がするが

「ほてる」もさっぱりわからないし
じぶんの数もわからない
ひとりのようで、ふたりのようで
娘のようで、老婆のようで
むかしは、ひとの親までこなした、そんな気丈な女のようで
もどることができるだろうか
何から、はぐれてきたんだろう
わたしは、パジャマを、おそれている
わたしは、ねまきをもっている
からかみを、背景にして大笑いするあの女
写真のなかのばあさんを
わたしとおもえたことがない
椅子にはさんだ、絹ざぶとんの、ほこりっぽい匂いのなかに
じぶんにちかい湿気があるが
窓のけしきはながれない
わからない
感情だけが、ぽつんと生きのびているようだ

雨の数は、やがて、はやい
椅子から、おしっこがわいてくる
わからない
写真の女の、口をまねして笑ってみる
床がしっとり匂いだす
長谷川さぁん、と呼ばれている

同じ高さで

母さん、友達できたのね
面会に来た娘がいう
そうなの、とてもいい方なの、なんでも教えてくださるの
先月、ホームに入ったばかりの
稲垣さんは嬉しそうだ

その方、なんて名前なの
名前？　そこまではわからない

森永さんも、稲垣さんの、名前をたぶん知っていない
陽ざしのなかで
車椅子の、車輪と車輪をふれあって
蜜柑をならんで食べている
ふたりは、じゅうぶん楽しそうだ

名前をたがいに、刻まなくても、高さがそろえばいいん
　だな

じゃあ、またね
声と声が、別れあうのを聞いている

お尻の時間

脚がおとろえ
お尻でじぶんを支えている人たちの
世話をしている

お尻もおとろえ
寝たきりの人もいる

排泄、食事、排泄、排泄、食事、排泄、風呂、排泄……
顔よりも
お尻とすごす時間のおおい仕事だが
どれも、快楽の尻ではない
生きるための、すべて、尻だ

肌が、骨にかろうじて、しがみついているような
しょんぼり肉のそげ落ちた
弾力のない老いた尻
腫れかかり、あるいはくろずみ
骨までとどく傷をひらき
これも尻か、とうたがうような、崩れと
痛みに、たえている

その中心から涙のように、わたしへ、つたい落ちるもの
あたたかい、その人だけの流れを

タオルで受けとめる

自分から、もっとも遠い
他人のような、肉の位置を
歳月に、ゆっくりと、汚されてゆく無防備を
わたしはおもう
正視されるそれらを
しばらく、おもっている

サムライの娘

あたしはね、サムライの娘なの
宮城のね
サムライの娘なの
脱衣場で、ゆっくりと、毛糸の下ばきを脱ぎながら
明治うまれのひとがいう
庖丁、貸して、くださいな

息子のために、晩のご飯をこしらえなきゃ、というので
　ある
菜っ葉をきざみ
味噌汁を炊き
しょっぱいシャケを焼くという
サムライのね、娘なの
仙台藩……娘なの……

庖丁を、渡すかわりに、タオルを持たせて手をつなぎ
刃物を忘れてもらおうと
さいたら節をうたってみる

松島ぁの　サーョーオ瑞巌寺ぃほどぉの　寺もぉ無ぁい
　ぃトォエー

調子っぱずれが風呂にひびいて
明治うまれの目がわらう
(歌いながら、歩くとね、道からもれてしまうのよ)
わたしは

てのひらを持ちかえて
タイルをひんやり、踏みしめる

アレワエーエ　エト　ソォーオリャ　大漁だぁえぇ

湯気のなかに吐かれるうたの、とおり道がみえるような
りんと、まっすぐな声色で
仙台藩の、娘がうたう
この裸をささえているのは
サ、ム、ラ、イ、の四文字と、庖丁なのだ
と思いながら
調子っぱずれも、小さくうたう

四つの海

ホームの車椅子のお年寄りに
何がしたいか、たずねてみた

買い物がしたいなあ
出前のタンメンを食ってみたい
あたしは、ケチャップをたっぷりかけた、あざやかなオ
　ムライス

そういえば、外地でも、こんな遊び、いつかしたな
大正生まれの源蔵さんが
遠いひとみで、思いあたる
無いものを見せ合うことは、こころたのしく
そして、むごい

おれは地面を歩きたい
山岸さんが、ぽつりと言う
ここでは、地面さえ、欲望なのだ
それから海が、ながめたいな

テレビや写真の海じゃあなくて、なまの海、みたいなあ
若狭うまれの藤吉さんも
裏日本の海、をおもう

タンメンの源蔵さんは、フィリッピンの
熱い海を
オムライスの小野塚さんは
瀬戸内海のゆうぐれを

あの海も、この海も、すでに老いてしまったが
引き寄せればどの波も
たしかな音をもっていた

行きましょう、地面へ降りて、道をきっぱりと歩きましょう

四つの海を、ひんやりと迂回して
椅子の車輪がすべってゆく

ちぶさ

スプーン、使ってくださいね

渡してもすぐほうり投げ
シチューの皿に手を入れる
肉をつかむ
ゆびを、しゃぶる
煮汁でべっとりシャツは汚され、ズボンの膝にもしみそうなので
だめじゃないの
声をあらげ、手首をつかんで叱ってしまう
おろおろしている
すまないねぇ
べとべとの手で、握ってくる
泣いている
泣かせている
それから、ふたりで着がえをする
もう逆らわず、されるがままに、シャツを、ズボンを、脱がせている
ちぶさが、みえる
そのおとろえに、はっと胸をつかれてしまう
かたちはすでに愛をそれて

淋しく、うつむいていたけれど
おんなの起伏を、ゆっくり遂げた、ちぶさの歳月がいと
　おしい
そのけだかさ、その生きたささを
叱ることはよそうと思う
ごめんねぇ、すまないねぇ
べとべとの手が、握ってくる
わたしも握る

けものたち

おい、猿が
猿が三匹、うろちょろしている
Sさんが、言う
何とかしてくれないか、五匹に増えた
おびえている

昨日の晩は、猿ではなく
親ゆびほどのうさぎ、だった
その前の日は
にしきへびが、ベッドでとぐろを巻いていた

白熊なんて、いやしませんよ、笑いとばした介護士に
でっちあげを言うんじゃない
こぶしを、振り上げたことがある
否定、をしてはいけないのだ
いますね猿が、九匹も
でもだいじょうぶ、捕まえますよ

Sさんにも
妄想にも
明るくさりげなく寄り添って
しばらく、こぶしをなだめるように、包みこんであげる
　こと
お年寄りのまぼろしに
世界に、付き合ってあげること

寝入りばな
わたしの夜にも
奇数の猿が、おとずれる

籠の鳥

施設の暮らし、寂しくない？
ともだちからよく訊かれますけど
寂しいなんて思うような
時間はあんがい、ないもんですよ
苅部さんが話している
詩吟クラブの帰りである
川中島を思うぞんぶん、唸ったあとの声である
あたしもね、机のうえに
カレンダーと置き時計
ちゃんと置いてね、日付と時間を、たまに
にらむんですけどね
時計、見るひまないですよ、食べて寝るので、せいいっぱい
嘆いているのは豊平さんだ
これ、晩ご飯？　と訊くひとだ
体の中に、抽象が、ほとんど入らなくなっている
籠の鳥って歌あるでしょ
年がら年じゅう、歌うんですよ
夜中にだって、歌うんですよ、ちっとも
眠れやしないんですよ
岩木さんのことだろう
蒲田で助産婦をしていた人だ
自分の部屋から、五メートルほど離れた共同トイレまで
小さな旅をくり返すうち
あっという間に日暮れである
配膳車の来る音がした
苅部さんが席につく
豊平さんも、ならんで座る
たがいに、たがいを、添えるように
時間のそばで呼吸する

コップのなか

震える指でコップを包み
なかみを、じっと、見つめているので
どうしたの、水、飲まないの？
シズノさんに声をかけた

　だって、こんなに透明で……あんまり、きれいなもん
　　だから……

そそぎたての秋のまみずに、天窓から陽が射して
九十二歳の手のなかの
コップのみなもが、きらり揺れる

きょう、はじめて、水の姿と、向かいあった人のように
シズノさんが、水へひらく瞳は
いつも、あたらしい

雲が湧いて、ひかりが消えた

ふっと、震えが、止まっている

それから、ほんとうに透きとおった静止が、コップの
　　なかを
　ひんやりとみたす

くちびるが、ふちに触れると
ちいさい、やわらかい月が揺れて
茎のような一本の
喉を、ゆっくり、水が落ちる

名前

テレビにいっとう近い席に
腰かけていたおばあさん
中綿入りのジャケツを着てた、あのひと
さいきん、見ないねえ
心配そうに、さぐるように、浜崎さんが訊いてくる

寺田さんね、あの方は……
わたしは、さりげなく目をそらす
別のホームへ移られました
気もちを入れずに、答えてみる
ほんとうは、ホームではなく、あの世へ移っていたのだ
けれど
この施設では
あからさまに、死を伝えてはならないのだ
そうだったの
浜崎さんも、さらりと受けて、それ以上、訊かない
遠くをみる目になっている
なにかを察したようだった
小さな舟をこぐように、車椅子を両手でこいで
じゃ、おやすみ
声を流して
じぶんの部屋まで戻っていった
わたしは、テレビにいっとう近い
寺田さんのいない席に
貼られていた名前のシールを、めくりあげて
そっと、はがす
もう呼ばれることがないので
とてもしずかな、かたちにみえる

帰りたい家

タンスの衣類を
ごっそり詰めた紺ちりめんの風呂敷の
包みに、ひじまで
手をくぐらせて
千代ばあさんは歩きだす
あたしは家へ帰ります
いろいろお世話になりました
小さな鈴のついた杖を、ひびかせながら深ぶかと
頭をさげ、老人ホームの扉を
チリッとすり抜ける

お盆休みに、長男夫婦と、町田の自宅で過ごした夜も
ご飯がすむなり立ちあがり
帰り支度をはじめたそうだ
あたしは家へ戻ります
いろいろお世話になりました

おふくろの、帰りたいのは、生まれ育った家じゃないか
考えついた次男が週末
水戸の実家へ連れてゆく
藁苞に、もっさり包んだ、歯ごたえのある納豆と
きざみねぎと、おしょうゆと
からしを、じょうずにかきまぜながら
懐かしそうに目をほそめ
千代ばあさんは穏やかだ
やっぱり故郷がいいんだね、正月にまた連れてこよう
思ったとたん、そそくさと
風呂敷包みをかき寄せて
あたしは家に帰ります
いろいろお世話になりました

おばあちゃんが帰りたいのは、いまある家じゃないとおもう
おばあちゃんの思い出の
中にしかない家だとおもう
あの夏の、あの夕暮れの、あの建物の
あの部屋の
おばあちゃんしか知らない過去の
きっと家だと、ぼくはおもう
孫のひとりが席を立ち、肩を抱いて、ちゃぶ台へ
水戸納豆の小鉢の前へ
千代ばあさんを連れもどす
肩といっしょに、思い出も、きゅっと
抱き寄せるようにして

杖でも脚でもたどりつけない記憶の底の家をさがして
孤独よりもさびしい道を
千代ばあさんは歩いてゆく
(あなたはきょう、どの時間まで、じぶんを戻している

のだろう)
鈴の音がゆっくりと、近づき
背後でチリッと止まる
あたしを、ここから、出してちょうだい
しがみつかれて立ちすくむ

ひとを、洗う

ひとを、洗う
まっさらな、タオルに清潔な泡をたて
ひとのきょうの汚れを洗う
湯をすくう
ひとを、ゆすぐ
手桶がひろい湯ぶねをくぐり、湯をざんぶりと、拾いあ
　げて
ひとの瘦せた肩の先から
丸みをおびた、背中をながす
ひとが、ぬれる

びしょびしょの、はだかにせつない
水がひかる
ひとを洗う指先は、ひとをゆるす指先に、似ているな、
　と感じながら
白いあたまに、ゆびをいれる
それから、男ならおとこのひとの
女なら、おんなのひとの
そのはじまりのかたちのきわまで、てぬぐいをあて
そっとこする
ひとは、こばむ
こばみながら、うんちをもらすお尻もある
シャワーをかける
ひとを、ぬぐう
汚れがタイルに、しみをつくる
わたしが、ひとから取り去れるのは、からだの
あさい汚れ、だけだ
ひとは年をとっている、とても
年をとっているので
赤ん坊の、そうするようには、肌をわたしに、ゆだねな

い
手を振りはらい、叫ぶひと
そーらん節をうたうひと
はだかになるのを、いやがって
殴りかかるひともいる
ひとを、にぎる
にぎりしめて、ゆっくり湯ぶねへつれてゆく
なだめながら、うたいながら
わたしも腰まで湯につかる
待ちくたびれた、べつのはだかへ、手をさしのべて
あがり湯をかけ
翼のようにひろげたタオルで
抱きとるように
ひとを、つつむ

ふたり

産ましてくれろ
と日に十ぺんは、訴えてくる婆っさまの
手をかさかさと握りながら
「婆っさまはいま、ひとりです」
くり返しても、麦茶のたまった太鼓っぱらをさすりさす
り

「おなかに、もひとり、おるけどのぉ」
つやっぽい目でみるのです

「お子さんは?」とたずねられると、きまって
ぐんと胸をはって
「おるさね六人、むすこが六人」
指を、ごつごつ数えながら
せんたろ、じょうたろ、けんたろ、こうたろ
日の暮れてゆく婆っさまです

いちども、ひとりに戻れないまま
寝床に入った婆っさまの
ねむりのなかのくちびるは、うっすり笑っているようで
ああ婆っさまは、ふたり、なんだな

ふたりで静かに、ねむりあって
七人目の声も遠くの
耳には、聞こえているんだな

きょうも芯からひとりっきりの、わたしが
まぶしく思うのです

白百合

このごろ、もっぱら拝むばかりで、壺にも、西にも、こうべを垂れて、祈る、ということはしなくなった。手と手が、出会いはするのだが――。

小ぶりの、あれも花器と呼ぶのか、背になだらかな、取っ手のついた、ひやっと青いびんを立たせて、きょうは、茎まで、拝んでいたが、「あのお人ははて、誰かいのう」と仏壇にまだ聞いている。「ご主人ですよ。そのお隣りの、白い帽子は、あなたですよ」

青磁の皿に、ジャムとバターを、たっぷり塗ったトースト半きれ、オレンジ色の黄身にぷつりと、ナイフをとおした半熟の、目玉焼きがこれも半きれ、チーズも半きれ、並べてあって、写真の前には、めおとの湯呑みに、ひえた番茶も汲んである。

「お供えしたって、手向けてみたって、ちょっとも、番茶は、減らないねえ」と、ためいきに似た愚痴もこぼすが、棚の掃除はいとわない。「花は、向きから慣れなくてはね」。傾けながら、拝んでいる。

こんな悪い空ばっかり、雲ばっかり見せられて――。嘆いたあとは、ジャムをはがして、耳までちぎって雀にやる。「見つづけてると、来やしませんよ。しんみりしてても、逃げますよ」

雀の数をかぞえるための、起床、ということをかんがえる。追いはらわれた、そのあとみたいな、目と目をそろえて、挑んでいる。

「あら、百合が、たまってますよ」。指をさされて、机に向くと、一輪挿しの花の奥から、色がおよんで、かぐわしい。

白さの、ひんやり映る紫檀に、ひざ小僧から、にじり

寄って、きのうこぼれた百合の花粉を、ゆびできいろく
ぬぐってみる。

カネさん

夫の名前も
むすこの数も、きょうの曜日も
知らないけれど
黒田節なら、拍子をとって、そらでくっきり
唄えるのだ

カネさん、欲しいもの、何かある？
きかれると、すぐ
無い、と言う
それからすこうし考えて
揚げせんべい、と小さく言う
ことばも、日付も
暮らしたおとこの記憶も、きれいに手放して
揚げせんべいと、唄がのこる
あの世へ
唄だけつれてゆく

そんな去りかたもいい、とおもう
そんな去りかたがいい、とおもう

最後の椅子

この冬
九十八歳になるあなたの声が、くりかえし
おかあさん、と叫ぶとき
わたしたちは、とても、せつない

おかあさん
それは死者を、もとめる、呼びだす、ことばだから
呼びだされたおかあさんの

かわりに誰も、なれないから
わたしは、まだどの部分も、すこしも死者に、似ていな
い

おかあさん
車椅子から叫びつづけるあなたの声を
きかされながら、ふと思う
ひとは、こどもにかえるのではない
自分にこどもを、ゆるすのだ、と
こどもにけっして戻れない、自分をわすれ
ゆるすのだ、と

（『最後の椅子』二〇〇五年思潮社刊）

詩集〈ラジオと背中〉から

青春とタンゴ

蓄音機をね
押し入れの中で小さく鳴らしてね
ゲッツイを聴いてたな
SP盤からもれるタンゴ
碧空
いまから思い出すのがほんものの青春だ
そんな、秘密をあかすような瞳で、父は言ったものだ
軍歌以外は禁止だからね
ああ、うるわしのマリエッタ！
こっそり浴びる音楽ほど、身をふるわせるものはない
彼は、幼いわたしたちを
やさしく、乱暴に可愛がった
三歳で、船に乗ってインド洋を渡るって、いったいどん
な気持ちだろう

母になんども、たずねていた
大戦前のウィーン四区で、母は家族と暮らしていて
ゲッツイの弾くヴァイオリンは
彼女の耳にも残っていた
夜のタンゴ、カベシータ……
父は旧制中学の、制服のまま級友と
浅草ムーランルージュだの、新劇だのに通いつめ
あの頃はまだ呑気だった
押し入れには、置かずにすんだ
万年特務曹長ってあだ名の配属将校に
ゲートルの巻き方がなってない！
教練のたびに怒鳴られた、その頃からかな
空気の流れが
一直線になったのは
匍匐前進、捧げ銃、炎天下の行軍演習
まっさらな、精神を、戦争の中にさしだした、ぼくらは
　それから
力の渦にいやおうなしに吸い込まれ
国は、ぼくらの死に場所まで、決めてくれるようになっ
た
肺浸潤で入院した
バルナバス・フォン・ゲッツイ楽団
戦争の、中の、碧空
押し入れだけが、青春だった
黒ぶちの、ロイドめがねが、帽子の下で、笑っていた
麦と菜っ葉の切れはしの
透けるうすい雑炊を、すすりながら
飯粒ほどの自由をいつも、探していた
軍歌だって唄わされたし、両手は小旗も振ったけれど
でも僕たちの、ほんとうに、自分らしい部分には
戦争だって手が出なかった
タンゴを鳴らす押し入れ、にはね
愛しのマリア、マノリータよ！
炎天下、ラジオを聴いた
いかにも淋しい抑揚だった
戦争から、青春を、とり戻そうとしたけれど、戦争が終
　わったら
青春時代もおひらきさ

引き抜いてみても別の過去だ
彼は、背中で、しんみりと告げた
あの両肩が
父だったのも
私に遠い、夏の午後だ

蝶の模様

茂みのまわりに、灰色の
小さな蝶を飛ばせているのは、オシロイバナで
黄色と赤と絞りが、きれいに混じり合い
二匹だった
ちらちらと、互いをからかうようにして
シジミチョウ
緩斜面から支流の川へ沿う道を
散歩の足で、きょうは二回も、死んだ緑のカマキリを
跨いでしまった

ひしがれた、からだが陽射しで、黄ばんでいた
共食いされたオス、だろうか、胴体だけで死んでいるの
を
踏みそうになり、危ういところで
木犀がまだ匂っていた
これ以上、路上で何を、楽にしてやれるのか
あきらめながらよけていて

若いやつが、うらやましいよ、戦争抜きで仕事ができて
祖父の口癖を思いだした
茶色いトンボと、すれ違った
紬だか、ウールだったか、厚ぼったい着流しに
下駄をつっかけ散歩に出た
冬場は、どてらも着込んでいた
満州事変のあった年から、終戦までの十五年
軍一色のニッポンの、外交畑で働いて
国から国へ飛びまわったが、どの国土にも
火がついた
戦後のパージで、失職した

福生の場末で米軍将校相手のバー、ウィンピーを、始め
たけれど
占領期が終わるころには、つぶれてしまい

カウンターでシェイカーを振る祖父の写真はなかったが
常連だった将校からの
葉書が数枚、残っていた
海兵隊に入った息子の写真を添えた、手紙もあった
酒が好きっていうだけじゃあ、バーテンダーにはなれな
いよ
蝶ネクタイより着流しが、肌に
馴染んでいたのだろう
晩年は、あぐらをかいて、株のラジオを、聴いていた
洗いざらした女物の襦袢を裂いて丹念に
黒光りするいびつな石を、磨いていることもあった
ほってりしてて、汗吹きそうだろ
私に、さわらせる午後もあり

曾じいさんは、そりゃあ立派な軍人さんだったのよ
代官山の、古い借家の、鴨居に掛けた肖像写真を、見上
げながら
曾ばあさんは、死んだ夫の話をした
カイゼル髭をたくわえて、いかつい軍服の襟を立て、リ
ボンのついた勲章が
びっしり胸元を埋めていた
曾じいさんのお洋服ってお花畑みたいだね
お花じゃないの、あれは勲章
ねえ、グンジンってどういう人？
軍隊ではたらく人
グンタイって何するの？
お国のために戦うのよ、曾ばあさんは、迷わず言って

日清戦争の時にはね、朝鮮に出征してね
牡丹台の要塞で、戦争をして勝ったのよ
大ぶりの、青い瀬戸の火鉢の中の灰をならすと、使い込
んだ真鍮の
火箸で炭をつまんでいた
満州で戦ったのは、あれは、日露の時だわね

じゃあ、曾じいさんっていう人は、戦争のお仕事をして
　たのね
そうですよ
でも、戦争って、ひと殺しでしょ？
弟が、割り込んできて口を挟むと、曾ばあさんは黙って
　しまい

子煩悩で温厚で、笑うと、正直な歯がこぼれ
おやじのことは好きだったな
祖父は、よく言ったものだ
軍服を脱げば、純朴だった、残忍な人じゃなかった
川の水音を聞きながら、私は、蝶を探していた
（純粋なこころからも、戦争ははじまるのだ）
シジミチョウ
華やかさも、模様も乏しい、地味な羽
土手の茂みがよく似合う、その飛び方が、なぜか好きで

戦争を、なりわいとしたいわゆる職業軍人の、曾じいさ
　んのような人には
闘いのない日常は
この一片の、灰色の、見栄えのしない蝶のように
晴れがましさも、高ぶりもない、模様に、見えたかもし
　れないな
二匹だった
群れではなく、小さな数であらわれて
（戦争のもようは、派手なのだ）
カマキリはもういなかった
平和の中で満足するのは、案外、力のいることだ
石のいびつをさすりながら、祖父は
そんな話もした
戦争には、無垢な気持ちを駆り立てるところがあるから
　ね
まちがった充実感に、手ごわい魅力があるんだな
その魅力に勝たないと――
（敵は、魅力だったのだ）
まちがった勲章が、無垢なリボンで飾られて
擬宝珠のある橋の上のさびの浮いた欄干に、もたれなが

ら、川を覗き
ぱん、と大きく、手をたたくと
流れの中の真鯉が二匹、尾びれで、ぴしりと水を打ち
しぶきをあげて、飛び上がった
薄桃色の口が見えた
六十五億の
この口ほどの、暖かい欲望が
ちらちらと共存する、そんな地球を想像する

父の指先

その指、その人差し指、どうしたの?
たずねた夜
ああ、これね
さらりと言って、ひしゃげたような爪を見た
裁断機にやられたんだ、昔の話だ
指先の
三割ほどが欠けている
平たい肉を、さすってみせた

焼け跡に、バラックばかりが建ちならぶ大森の、小さな
　工場で
炭鉱用のガス探知機を、造っていた
爆発計って呼んでいたな
昔は、籠の小鳥だった
鳥がぐったりするのを見て、ガスを探りあてたんだ

回転する刃物に巻かれ、切り落とされた指先に
気づかなかった
気づかなくても、いっしょに暮らすことはできた

父が、ポケット・ミステリの、ペリイ・メイスン・シリ
　ーズと
プロ野球とベートーヴェンが同じくらい好きなことも
学生時代、ホッケーの、フォワードをやっていて
アルコールなら、発泡酒より、日本酒を選ぶことも
知っていた

私は父を、知っているつもりだったが
目のまえで箸をつかう、その指先に、指の過去に
一度も、視線を向けなかった
四十年間、ただ一度も

軍隊に行っていたら、指先どころじゃないからな
父の口からもれたのか、それとも
人から聞かされたのか
昔をめったに語り出さない男の、つぶやくような声が
いまさら耳に重くひびいて、小鳥の声まで
混じりかけた

遠くに、暮れかねているような
きょうも青さの、山並だった

八月の声

父は、戦場へ行かなかった
学徒のままで生きのびた
三八式歩兵銃の、重みに、弾をこめる指も
背嚢のくいこむ肩も
軍靴の歩幅も、知らなかった

「沼津兵器の工場には、半年ぐらい、いただろうか
プロペラ機に装備する、機関砲を作っていてね
工場長は、日本にしかない新型兵器、と誇っていたが
……」
工学部の学徒はひとまず
入営延期、となったものの
「延期は猶予ではないからね、いつかは
赤紙もきただろう」
機体の、先端部分にあたる、ねじれた羽根の空隙から、
　弾を
連発させるための武器の、部品を、組み立てながら
あの終戦も、そこで知る
敗れた声を、聞くのである

「ラジオひとつで戦争が、すっぱりそれが、終わるだなんて、それに
終わりがある、だなんて、声のあなたを聴くなんて」

疎開先の、西那須野の、畑の、熱い畝にしゃがみ
草刈り鎌をおずおずあてて
母は、青菜の株を刈った
ひもじくなれば、泥大根を、黒い土から引いては食べ
殺気の真下で育つキャベツの
白いところを、ばりりと噛んだ
祖母が、荷物の底にこっそり、持たせてくれた千代紙を
土地っ子たちが、土蔵の中から、くすねる芋と交換した

あれは、八月十二日の、朝だったか、昼だったか
同級生の大城戸愛子の、姿が、急に、消えていました
下士官らしい軍帽の、男が一人、訪ねて来て
ひそかに、連れていったのです
愛子は、縄跳びが上手かった
憲兵隊長の娘でした

その三日後、ラジオの声を、わたしたちは囲んだのです
「戦争のない日常を、暮らしたことが、ないものだから
……
はなからずしりと、あったのだから……そこへ
生まれてきたものだから……」
「声が、終わらせたものよりも、始めたものが、気がかりでした」

父は、牛伏山の近くで
母は那須野の農場で、それぞれ一度
機銃掃射の弾に、ぎりぎり飛ばれている
父への弾は、海岸寄りの、レーダー基地をねらったものだが
母へのそれは、馬鈴薯を掘る背中をまさに、ねらっていた

「逃げろ！　と叫ぶ牧先生と、木蔭へ伏せって、助かりました」

「芋を、抱き締めるようにして、もんぺのからだが、折
　れていました」

戦争の立てる音を
わたしは、耳に、聞かなかった
防空壕の片隅で、もんぺの膝を、抱える夜も
焼夷弾に焼かれたあとの、街の匂いも、知らなかった
空には、空の音だけが、明け方
静かにひびきはじめ
十五年後、五反田の、金属ベッドのシーツの上で
ひとりの泣き声をあげた朝
街は、どこまでも晴れていた

「戦争の話になると、父が、瞳を光らすことが
母の声がわかやぐことが
わたしを、きまって不安にさせる
やりきれないが、その郷愁を、責めることが、できない
　のだ」

満州事変の勃発する、ひと月前に生まれた母
十五年戦争の、渦中をくぐった若い父
「歴史が、張りつめていた夜を、眠りつづけた両親と、
　あなたの
思い出の間には、いつも、そこばくの塀が立った」
わたしは、二人の貧弱な、記憶をわたしに、繋げること
で
あの敗戦を、想像する
ラジオへ、みずから寄るのである
声は、声が逝ったあとも、島では
夏ごとに聴かれたのだ

杖が届く

目ぐすりの
けだるいしずくを
眼球は今朝、ひんやりと受けた

冬の、水温になったのだ
ハナミズキの枝ぶりが、すんなりと窓にみえ
まっさおに、乾いた空へ、先端がまだ
ゆれている
翼がいま、そこから去り、おもみだけが残されて
しばらく枝からはなれない
父の杖が、きょう届いた
白い、小枝のような杖
まっさらな、その先端で、これから景色を、さわってゆ
く
はくじょうとも、もうじんづえとも
係りの人はそれを呼び
こつこつと、床をたたいて
背丈に合わせてしるしをつけた
わたしへ、わたしを少しも見ない、父は寄りそい
ゆらり、立つ
闇をさぐるための杖でも、自分に届けば
ほんのりとうれしい
紙包みをひらいて枝を、とり出すわたしが
待たれている

しゃがむ女

中町の家の庭の
金網張りの小屋に立つと
霧のなかで
鶏が、さっと散らばる気配がした

納屋のむこうの栽培農家の林の土に椎茸の
菌をはらんだ榾木が三列
互いちがいに、組まれてあって
(キノコのように、湧く、しずかに湧く、という、現わ
れ方)
月夜にとりわけよくひらくのを
めくれば傘も、手に光った
ブロック塀に据えつけられた、ごみ集積所の前にしゃが

み
放尿する隣町の、女の姿を
見かけたのは
裸の尻の、むっくらとした弾力さえも、目に残るのは
（あれも、月夜の、湧く、しずかに湧く、という、現わ
　れなのか）
しゃがんで、何かを産ませるみたいな
野性の尻の、眩しさだった

ゼニゴケを、まばらに生やす黒い地面へ人肌の
流れが湯気をのぼらせながら
ひかりながら、染み込むと
振り向かせた白い顔と、白い尻が、いちどに見え
戦争未亡人なんですよ
絣の背中が、つぶやいて
あたしだけ、まだ生きのびて、湯気まで立てて、泣くん
　ですよ
細い、水の舌先みたいな、女の尿が
かなしかった
悲しみが流れる土を、そのとき、はじめて
見たと思った

白い薬

　一升びんの肩先まで、ミルクのような濃い液体を、月に一度、アルミの漏斗で、町会の人に入れてもらう。飲んだら死ぬぞ。民生委員の棚橋さんという人が、折り畳みのスチール椅子に、跨ぐように腰かけて、バヤリーズをらっぱ飲みして、甘い舌を、ぬっと見せる。

　詰め所のならびの、平屋建ての、西さん宅は家内工場で、圧搾機のたてる音が、一日中やまらない。隣りの、二宮針灸院の、軍人あがりのご主人が、金だらいに水をため、腹いせみたいに撒いてゆく。

　やだね、ボウフラがわくじゃないか。西さんが来て文句をいい、抜刀隊の唄、戦友、敵は幾万、その三曲を、鼻唄まじりで小さく歌う主人を横目で、きりっと見た。

　どんより白い液体は、蛆ごろしの薬液だった。どぶに

撒いたり、風呂場のすみの排水口に注いだり、一升びんの底をささえて注ぎ口を傾けながら、汲み取り式便所の穴に、散らかすみたいに振ったりした。

お勝手口から居間へ、廊下へ、蝿は、容赦なく出入りして、病気の毒をまき散らす、と棚橋さんは、教えてくれ、腹のふくれた雌をつぶすと、蛆が出るぞ、とおどかして、洗いざらしのぼろ布を、細く丸めてこしらえた、柔らかい栓をガラスの瓶の口にもみ込むと、慣れた手つきで、並べてゆく。とろりと、液体がしずまった。

びんからあふれ、こぼれた薬が、ほんの一滴、指についても、指が、殺されてしまいそうで、それが、私には恐ろしい。

どぶ板のすき間から、ふわりと産まれたやぶ蚊が日暮れ、柔らかいふくら脛や、腕のつけ根を刺す季節には、白い薬を、あやまって、牛乳びんに詰めてしまい、それを一気に飲み干す夢を、何度も見かけてうなされた。きちんと、モリナガの紙ぶたが、びんの口にはめ込まれ、透ける緑のビニール・キャップも、かぶさっている、本物だった。

ご不浄に駆け込んだのに、扉も屋根も、外れていて、ふるえながら、便壺を、またいでいる夢も見た。黒い空に、研がれたような月が、かちりと光っていた。棚橋さんが、夢の隅に、ぼんやり、出てくることもあった。

毛糸玉

亡くなった祖母の箪笥にしまわれていた着物や帯や、羽織、ショール、小物のたぐいを、畳の上にきょうは並べ、形見分けをするのである。私は、足袋を、ゆずって欲しい。着るあてのない訪問着だの、留め袖だのを広げるうちに、足袋に惹かれた。廊下をゆきかうキャラコの白が、懐かしかった。

着物の匂いを嗅いでいると、それは、月日の匂いだったが、あるいはゆるりと包みこんだ、女のからだが染みているのか、私は想いをひっぱり出され、急に坂が恋しくなる。代官山の木造の、借家の前の暗い坂を、山百合みたいに身を傾けた、着物の祖母がくだってゆく。夫を捜しに出かけるのだ。雨音にさえ、呼ばれていた。

持ち去られたのは肉体だけで、生前のままのひと間だが、何かが違う。足りないのではなく、部屋に、何かが多すぎる。どの調度にも、ひっそりと、つけ加わった余分があって、気づいてからの視線で見ると、情感、みたいな切なさもあり、それが、私にきりきりと、死の現われでもあるのだった。

娘に、孫に、毛糸のものを、こしらえ続けた晩年だった。終着のない坂道みたいな、記憶の斜面を、ころげ落ちて、自分の足場を忘れ果てても、編み方だけは、覚えていた。満月が、と指さしかけて、指を忘れて、引きかえして、真昼の月を探しあぐねて、別の丸さを、さすっていた。思いを指に、指を針に、針を毛糸につなげていって、とろりとからむ毛糸の先で、誰と、出会っていたのだろう。

亡くなる間際、ベッドの中で、祖母は、あああと声を吐いた。ああさんとも、かあさんとも、回りで囲む者には聞こえ、呼ばれた者が、すでにこの世の人ではないということに、肩が、わずかに乱れたことに、息子も、孫も、気づいていた。

肉体から、離れるとき、私も声を、上げるだろうか。がらんとした箪笥の奥に、編みのこされた毛糸玉が、ふわりと見えて、「ここに居るよ」。部屋が、少しだけあたたかい。

水菓子

おじいさんは、切り分けてあるスイカに、たっぷり塩をかける。舟のかたちの果肉が塩を、吸わないうちに、かぶりつく。音符みたい、じゅずみたい、手と足のない虫みたい。お盆に、かちりと吐き捨てられた、種が、ばらばら溜まってゆく。そのなかには、皮のきいろい、ひ弱な種もまじっている。

「ひまわりが、きょう、咲きました」、耳のそばまで、教えにゆくと、「それはそれは、ようござんした」。おじいさんは、笑っている。

ヨウゴザンシタ、ヨウゴザンシタ、畳を、おとうとが跳ねまわる。「ねえ、てっぽうで、おじいさんも、にんげんをころしたの？」。おとうとに訊かれているが、笑って、何もこたえない。

　わたしは束ねた古い手紙と、系図を一枚もっている。おじいさんの筆の字で、家族の名まえが書いてある。啓二郎とミツの子は、修一、隆二、女、女。祖母は、性別になっている。わたしの名まえもさがせない。

　寒くなると、おじいさんは、火鉢で蜜柑をまるごと焼く。冬の果肉は歯にしみるので、ほんのり炭火であたためる。炙りだし、に夢中のわたしは、「文字書いて」とせがんでみる。くだものを、しっとり含んだ紙の、乾く音がして、飴色をした「おぢいさん」が、やがて、ちりちりと浮かびだす。

　焼き蜜柑の、温《ぬく》いところを、ひとふさ、のんびり吸い終えると、おじいさんは皮をたたみ、系図のなかへ、もどってゆく。

罌粟

生きものを
泳がせているなま臭い水槽の、匂いがして
透けているのは
藻のように揺れている、けれども花で
血の色の実が、明けがた
ひと粒、吸われていった
内蒙古の、七十年ほど前の、静かな六月の、罌粟畑には
いちめんに、花びらが咲きあって
ちりちりと、縮みあがった紙のようなはかなさの
白っぽい揺れ方が、私に、あまりに美しく
目を合わせるのが恥ずかしい
そんな気が、しきりにした
私は、そのとき、たった一人で、醜いことを、考えてい
　たのだ
日本軍の占領地、チャハル省の張家口で
この両眼が見たものを、私はだれにも告げていない

花が、武器になったのだ

罌粟の未熟な果実から、阿片をつくり、誘惑し
土地の人のからだに花の、毒を芯まで、ゆきわたらせ
罌粟畑にも、工場にも、土地から
人手を送りこみ、その循環がこぼす蜜を、分配するのが、
　仕事だった

マオカラーの上着をきて
張家口の事務所の前に、直立する若いころの
祖父の写真を見つけたとき
祖父が、搾取機関のために、尽力したと知ったとき
花へ、欲望をねじ込んだ
あの頃の手を、思いました
その指先をたぐってゆくと、国にぶつかる、恐ろしさも
祖父がいちども明かさなかった、二年間の空白に
満開の畑のなかの、罌粟の姿を
重ねたのは
罌粟のほかにも、口に出さない一語があったと気づくの
　は
花も知らない揺れ方で
わたしが、大人になってからです

リュッシャ

　いかにも男の靴底らしい、足跡が朝、雪にあった。歩幅の広い、歩み方。かたちの確かな、白いくぼみ。そこに二本の、イメージの、脚をすらりと、立たせてみる。靴の男はおそらく兵士で、おそらくすでに死んでいる。リュッシャといった。名前ではない。兵士は、リュッシャを話していた。

　訪れた土地の男は、リュッシャとしばしば口にした。リュッシャにいちばん近い意味は……紅茶をそそぐと、男は言った。火をあらわすセリアーシェという音と、たいそうよく似ている。意味ではない。リュッシャは意味

に、重ねることはできないんだ。

　暖炉に、まきをくべながら、男は、ラッフェの話もした。ラッフェは祈りとともにあるが、リュッシャの中で成長する。けものに近い速さをもち、いのちと別の、温度を吐く。ラッフェに内側はないけれど、声を、くぐらすことはできる。むきだしの、ラッフェを一度、みたことがある、と男は言った。

　雪にぬれた黒革の、編み上げ靴を丁寧に、磨きあげると、男は床に、ひざまずいて、リュッシャと呼んだ。リュッシャの位置からしたたるものを、窓側の手に受けながら、わたしも、男の背中へ細く、リュッシャをねがう音を吐いた。

　確実に言えることは、兵士がリュッシャを去ったことで、リュッシャを生まれなおすことも、土地の者には、許される。同じ兵士が、同じ時刻に、違うリュッシャを感じることも、珍しくはないんだよ。男は、鍵をさし出した。

　リュッシャの底の、温度のようなものが二人を暖めれば、リュッシャは道にも、慰めにも、色彩にさえなりうるが、そこにとどまるものではない。もっと、性根のはげしいものだ。あなたが兵士を、悲しもうと、わかろうとして流すリュッシャは、言葉のように、澄んでいる。すらりと、男は、立ってみせた。

　あなたのリュッシャと、わたしのリュッシャを、炎の前でふれあわせ、そうして、互いの結び目を、ほぐし合える夜もある。わたしにとって、リュッシャは外だが、まだじゅうぶんに外ではなく、それは、言葉が、あなたへむかって、わたしをひらく支えとなる。

八月のバスの中で

すべり込んだ後部座席の
空気は、すっかりひえていて
冷房ちょっときついなあ
はおりものを、ひっぱり出した
狭いすき間でもそもそと、腕をそでに

通していると、隣りの席から、ふんわりと
肩へまわされる女の手

ふっくらとしたおばあさんの、手がやわらかく
着せ掛けてくれたのだ

こんなふうに、思いがけない他人の指に
包まれたのは
静かな、しみとおる指先は
ひさしぶりだ、とわたしはおもう

それは、何かの始まりでも
何かの終わりでさえも、なくて
羽毛のように舞い降りた、その場かぎりの
親切だったが

なぜだろう
肩が、なんども、あの席に座るのだ

（『ラジオと背中』二〇〇七年思潮社刊）

詩集〈集光点〉から

居留地

旅程だけで組み上げられた人生を
なげうって
流れ着いた極東の　波音のする小さな街を
祖国と呼んだ
白昼の　三次元のラウンジから
眺望するドックヤード
振り向きざま
アラブの言葉で　囁かれた記憶もある

ばら積み船
埠頭をゆき交うフォークリフトの　引っ切りなしの警報
　音と
軽油のまざった潮の匂い
船溜りで

きのう見かけた警備艇が　きょうは
涼しい波を立てて沖合へ
鳶が舞う
旅人のまま　わたしは軀に二つの水源を抱え持ち

風圧のような一語を吐いて
駈け去ってゆく　居留地うまれの子供たち
高窓から　途切れがちに
こぼされてくる湿った音素
砂の地図
それらを包む拍子《タクト》はおそらく　波音でしかあるまいと
音だけが
満たすことのできる空洞があるのだと

名前も　ひとつの郷愁だから　知らない抑揚を舌にのせ
沖待ちの船を数えて
信号塔から　岸へ戻り
遠い夏の　艀で積み荷を　陸揚げする人足たちの
姿と汗を思いながら　感じながら

風に立つと
荷さばき場の一角から　まぼろしのような声が上がり
未来が　過去と
相殺されて
現在だけの路上になる

屋台料理

プラスチックのライターの
投げやりな炎を
しゅっと闇に立たせて　ドネルケバブの
屋台のそばに童顔のまましゃがむ女
薄荷の煙
紛いもののイニシャルを　臙脂でちりばめた布製バッグ
どうして　居ない人ばかり捜しているの？
西口五番街は抜けて
差し出される極彩色の連絡先と　ティッシュを何度も
　拒みながら

掻き分けながら　パルナード通りを歩く
路上
キッチンカーの中で　在日トルコ人の男が　ビーフの弾
　力に刃を入れて
手速く柔らかく削いでゆく
シェルキー　と名札にある
シムシルで　午後は働く
平焼きパンの　空洞へ　刻みレタスとレッドオニオン
瞳の底に　最後に見上げたドームの
青が　残っている
濡れない風
砂混じりの　中空を飛ぶかささぎの　激しい影
太陽へ　アザーンを響かせるミナレット
ムスリムの　男の夢に
二度目の天体が現われて
女はまだ　指先から　細い煙を上げている
バッグを抱え　気だるい指を一本一本広げながら　数え
　上げているものを
星　と思うこともできる

南幸橋

眠りと夜のあいだに放たれた魚の息
見つめるたびに　深さの違う緑青色の　川を渡り
赤いソースを　石畳に
こぼしながら　ケバブを噛む
捜している背中は此処にも　シムシルの
窓にも居ない
時間のなかに在る者が　どうして　亡き者と出会えよう
買わずに棚に戻した語録の　言葉が
文字のまま囁かれ
後ろから　月を浴びると
あの世の影が濃く見える

フェイジョアーダ

右上がりの　一語一語が
何かを問い掛けているような　文字を
そっと　四つ折りにして

角封筒に　また戻した
ひんやりと過去を帯び　呼び交わされることもなく　けれども
私の中では　まだ
脈打っている一つの名前
フェイジョアーダを食べていた
汽車道を来て　新港地区の
赤い煉瓦の倉庫も　光る橋も見えるテラスカフェで
ブラジルの
もともとは　奴隷の料理
大地で働く日系移民の食卓にも　と教えられた
黒インゲンに
たっぷりの臓物に　ラードと塩
絶望と　欲望と
希望が混ざったような色の　根源のような　このシチューから
活力を得た者たちが
恵み　と呼んだ瞬間が　舌先をいま
通り過ぎた

大鍋の　キャッサバ粉を
長柄の杓文字でかき混ぜながら
メスティーソの男が陽気に口ずさむ母国語の　遠い唄
涼しい羽根で
鼓膜を　はじかれるような音
駱駝色の薄い毛布に　波音のする眠りを包み
二段ベッドの　夜を揺れる
三等船室の移民たち
あなたはこれから　誰の時間を横切ってゆくのだろう
フェイジョアーダを食べていた
…その想い出を知覚すると
そこから、張り裂けてしまうので…と中断された古い日記の
名前の滲んだ　頁にあった
セグロカモメが
薄墨色の空へ　弧線を描きながら
遠目には　たった一つの
光に見える窓をよぎり
私の知らない郷愁を伴なった　小さな惑乱を

連れてくるのを　眺めていた
私はどこか　よその土地へ移りそこねた者として　ここ
　に居る
あるいはすでに
遠い過去にどこからか移り終え
母国語の音へ　密かに
耳をひらく者として

年取って、住むとこなくて、独りだったら家に来なよ
透き通った日本語が　聴かれて
風景が濡れてくる

岩石海岸

触れようとして、返されたのは
風に遊ばれた柊の
緑の、反作用のような
淡い力　一瞬の

鋭利な点の痛みから、私は、私のささやかな実在が
肉体よりも深い所で
許されたように、感じられ
――忘却されずに、もう半世紀、一点一点
　揺り返されて、生きてきた

海の中を、ゆき交っている脈の音を
小さな、濡れた青い呼吸を思うように、人をおもう
岩石海岸
此処は、人が、生まれ落ちる前の拍子《タクト》と
かたちをほどいた後のタクトが、希望のように、交わる
　場所
海蝕台の、苔を這わせた、熱い
剝き出しの水底を
ゆっくりと、自分の歩幅を崩しながら
高く、低く
むしろ隆起をいとしむように、足裏で、一歩一歩

点描の、白い明滅を遂げることに
朝の、まっさらな一瞬が、賭けられて、いるような
信号塔
ヴィクセンの、八倍の、双眼鏡のレンズ越しに
防波堤の輪郭が
ひんやりと風化してゆく
破壊を、いしずえとしなければ、成り立ちえないその建
　築も
倉庫も、もはや
どの風景も、光学なしには信じられず

――記憶の中へ、身を投げるようにして、また一日を
　日付の外で、過ごしてしまった

ひと思いに、水平線から
空の領域を奪い取れば
すっぱりと
海原という原形質の、脈搏だけが、岩のかたちに
層をつくる　響いている

浸蝕された等高線
海抜を棄て、肉眼で、ふたたび丁寧に引き直し
身の底に、時間に対する抗体のような言葉を、深く、宿
　したまま
未来をすべて、記憶として語ることも
いまは出来た
通り雨
砂地は、もう漆黒に、起源のように
びっしょりと濡れていて

空へひらいた手のひらで、最初の、一滴は
知覚したのに
静寂の、一歩手前の、最後の
一滴が
知覚できない

磯焼け

砕かれて
銀色に、さざ波立つ海面の
光り方で、此処にはない太陽も、風も見える

突堤にいた
沖桟橋で、白鱚を待つ釣り人へも
円筒形のセメントサイロの、打ちっ放しの外壁へも
海風は、柔らかく
同じリズムで渡っていった
直胴部の、暗い虚ろに、石灰石の粉体を
ひんやりと充満させた、格納槽
仰いでいると、視線の先から、身を吸い込まれてしまい
　そうな
容積だった…高さだった…
かもめ町
路線バスの、風の呼吸に逆らうようなリズムに揺られ
町の名に、羽搏きだけに

惹かれて降り立つ界隈には
太陽へ、直立する、萌黄色のオイルタンク
遠景の
プラントから吐き出される白煙と
潮風と、バナジウムのまぎれ込んだ粉塵が
縺れ合い
湾岸線や、産業道路を、震わせながら
大型コンテナトレーラーが、引っ切りなしに、通過して
　ゆく
排気を散らかし、青空を
苛むように、際限もなく、反復される現在という一点を
この殺伐を
「風景」と呼ぶには何か、決定的な生命を
水分を、欠いている
——出口は、何処に、あるのだろうか
鳥影もなく
淋しいのか
懐かしいのか、それさえも、解らぬまま

背景の、すでに、廃滅の一部として、私も、連結されて
　いた
かもめ町
その土地の名を、小さな光る問いのように
抱えながら、カーバイトも
グラスウールも、砂利も積まない空コンテナの
行方について　あるいはかつて
「進化した過去」のことを、「未来」と呼んだ者たちの、
　誤謬について
考えながら、引き込み線まで、それとも
臨海鉄道の
人影のない駅舎まで…

埋め立てられた、土地を歩くと、歩幅のリズムがいつも
　より
少し乱れて、素足で一人
磯枯れの、真っ白な海の底をさすらうような
心もとなさ
それでもなお、地盤のどこかに、鼓動を
探り当てようと
水の呼吸と同じリズムで、淡い緑を揺らそうと
石灰藻の、白い砂漠に抗うように
新芽をのばす海中林
ウミカラマツ
陽に砕かれた、翡翠色の、浅瀬を思う
魚影もなく、ガラモ場を
生命以外のもので、自分を、終わらせようとしたことに
気づかぬまま、私は
朝を
美しいとさえ言えるのだ

D突堤

大気の
かすかな変調を、からだの方が先に気づいて
今朝は、時間の脈搏へ
自分の脈が思うように重ならない

眠たい脚を、ようやく、居間まで引き摺って、立たせた
途端
鏡の中の、青い
面積が崩れ落ち
わたくしという立像だけが、ぼんやりと残っている
集光点
外気を送り、光源のように、指を
曖昧な風に立て

カヤニシというネームカードに、写真も載せて、首に掛
けた青年と
食堂で、向かい合って麺を啜り
青菜を噛む
おろしたての、作業服に包んだからだを、窮屈そうに
持て余して、野蛮なような、箸遣いで
まぶしい指だ
繋留しても、陸には、めったに上がらぬはずの
フィリピン人の船員が、戸口に二人
――荒れるのは、一番、揺れの酷い海は、マラッカ海峡
列をはずれて、埠頭公社の
社員らしい男たちと、番号札の、数字で
女に、呼び出されるのを待っている
ほんとうは、大型オイルタンカーか、鉱石船の乗組員に
なりたかった
画面を出して、青年が
紺と赤に塗り分けられた船の写真を、愛しそうに

D突堤の、信号塔の、海抜四十二メートルの
展望室から
稼働中の、コンテナ埠頭の全景を、見下ろしていた、夏
の午後
重機と、ゲートと
直進するトレーラーと
積み上げられた直方体のコンテナだけの、曲線のない光
景に
なぜだろう、記憶もないのに
淡い郷愁を感じながら
(誰の、どんな欲望が、箱の、内壁を揺れているのか)

管理棟で操作される、この
物流のスペクタクルに
箱だけが、永遠に、累乗されてゆくかのような
狂おしさに、些かなりとも
目を奪われてしまうのは
頽廃、なのではあるまいか、と考えていた
クレーンや、接岸した船や箱が、主役の此処では、人は
　もはや
異物、あるいは、異物ですらなく
実行者
制禦され、自らが、肥大化させたシステムの
脳髄のような中枢へ、組み込まれた部品《パーツ》に過ぎず
コンテナは、箱というより
媒体だった
ゲートを擦り抜け――

野晒しの、積み木のようにヤード内に配置された、ヒュ
　ンダイの
Kラインの、赤や白のスチール製の箱の頭上は

積乱雲
リベットでなく
熔接だけで貼り合わされた波板パネルに
包囲され
どの箱からも、きっぱりと、孤立しながら、流れてゆく
運ばれてゆく
ロックシールで封印された闇の中で、床下に
荒々しい水を感じて、海峡を――

向かい合った、夕暮れの
鏡の中には
茜色の背景と、日輪だけが、ありありと感じられ
稀薄な箱
今度こそ、この身を
存在しなおそうと、息をただす

ノース・ドック

この手で、確かにさわれるから
存在だ、と思っていた
火が、現象とは、知らなかった
二月
港は、曇天を、冷えびえと、沖合からの風が渡り
白いウィングを
埠頭の風力発電所の、清潔な
三枚羽根を、ゆっくりと、励ますように回し終えると
小船も揺れて
三角屋根の倉庫の並ぶ川べりから岸壁まで
廻り込めば、ノース・ドックの、鉛色の軍用船の
右舷も見えて
静かな、焚き火の匂いがする
(記憶の匂いだ)
根菜や、甘みのある樹木の実や、小枝を、炎へ、ほうり
　込み
萌葱色に、束ねて庭の、香ばしい草を焼いた

煙の向こう
まだ誰ひとり、失ってなどいなかった、遠い冬
遠い発火の、蒼白い予感だけを
握り締めて、タグボートを
アメリカ独立戦争の、英雄の名がペイントされた灰色の
　船体を
眺めていると、灰色の空
灰色の海、四十年以上も昔
同じドックで、ベトナムへの積み荷戦車を待っていた
何隻もの、船の姿が重なって
「ナサニエル・グリーン」も揺れて
ゲート前へ、翳したカメラを警備員に、日本語の
厳しい語調で遮られ
(ここは、いまも、占領下、なのか)
単彩の街
瑞穂橋の向こう側とこちら側が
目に見えない銅線で、はかり知れない夜を含んで
分かたれているような

「定理と呼ばれる言葉は、すべて、水晶のように美しい」
北の島から、届いた書物の
頁をひらくと
余白の多いエピグラムから、ほんのりと
石油をおびた火の匂いが、炎の気配が、漂って
すでに、立ち去った者たちの
立ち去った記憶に触れ
それから、私も、灰の中から、焚き火の方へ少しだけ
肩を揺らして
手のひらで、触れて
炎を感じるのだ

テレーザ

眠りが断たれ
四人部屋の　三度目の夜のあとに
最初の朝がやって来る
名を訊くと　テレーザと言った

八時に　彼女がひらく時の　カーテンの音はすがすがしい
病室の　隅ずみまで　新しい光が届き
一日を
刻々と　這い進む肉体の
気息音のこわばりが　緩やかにほぐされて

家族で日本に　帰って来て
ナースを勤め　二十五年
父親も　この病棟で三年前　亡くなった
ジャッカの実と　フェイジョン豆と　大西洋の話をした
バラナから来て
生まれた家を　二度と見ることはないだろう
ブラジル訛りの日本語は
雲雀のように　軽やかだった

テレーザの　記憶の中の　窓を昇る　太陽は大きい
だから　毎朝　カーテンを
窓よりも大きく

遠くまでひらくのだ

レギアン

すれ違ったカーラジオから
依存症《アディクション》！
AFNの、二十時
ラッシュ・リンボウの、かまびすしい声が漏れて
雨催い
川向こうの、基地のある街のはずれの小さなバーのグラ
　ンドピアノは
梅雨どき、いつも
低音域のツィスの音が、少し狂う
宥めるように
叱るように、マノリートの、ショコラ色の長い指が
白いツェーと、黒いツィスを交互に叩き
客はいない
ゴードンを、トニックではなくソーダで割り、傾けるた
　び
タンブラーから目線を逃がす、あの男
ルビアンカの
地下独房から生まれた神話も、内戦の火も忘れ尽くし
今は、むしろ、政体よりも
株の話に目を光らせる、ラテン訛りの
常連客の、姿もない
木曜日　マスカレードの
左パートを軽くボサノヴァで弾いてみせて
マノリートが
口笛と、音符の混じった煽情的なジョークを飛ばす
幾つなの？
恋人探しにきたんでしょう？
返事はせず、ホールウィートのパンへ、バタと、クリー
　ムチーズを
ナイフで均等にのばしながら
いつだったか
臨港地区を、斜めに走る路線バスの
車内で、激しい日本語で、泣きじゃくっていた混血の

男の子の、びしょびしょの
大きな眼
頼りなげな、けれどもすでに
肉体を感じさせる首筋の、独りぼっちの浅黒さが
陽射しと一緒に、思い出され
あの子も、いつか
この島国に、ノスタルジー以上の何かを感じる大人になるのだろうか
アディクション！
観念にも、宗教にも依存せずに
愛する者の消滅について、空洞について
炎のように、考えたい
シャッフルしてから
鍵盤越しに広げてみせた最後のカードは
デフォルメされた、クイーンと、ジャックの横顔
おそらくは
ひとつの稚拙な未来図として描かれただけの
既視感のある、デッサンで
ソファーも赤
絨毯も、調度のすべてが、ピアノの色まで
赤というのは、なまじ侘びしい
白昼の、あからさまな視界の中で見渡すときは、なおのこと……
ようやく、レギアンがやって来る
二十二時
早番と、遅番が、カウンターで入れ替わるとき
レギアンと、マノリートも
ひっそりと入れ替わる
店にはつまり、マノリートと
私だけが
働いているように見える

宮益坂

忘却という現象が
少しも、痛みを伴わないのが
救いのようにも

悲惨のようにも、思える夜
ミヤマスザカの、冬の、エル・カステリャーノの
テーブル席まで、きみの声が
時間とは、無関係に記憶された坂をのぼって、響いてく
　る
ムール貝と、ガーリックと
鉄板の、オリーブオイルの、焼ける匂い
モルシージャ
ここへ来て、パエリャを食べると、ニッポンに
居なかったような気がするよ
すべての街の、夜を停まるコバルト色の
電車に乗り、はじめて
国境を越えた時、すでに五十を過ぎていた
親父の話だ
サフランライスを
完璧に剝がすための、フォークを二本
店長の、ヴィセンテ・ガルシアが渡してくれ
サングリアを、注いだグラスと、素焼きのポットを
ホルヘ・ディアスのギターの音が
震わせながら、反響し
きみは、マラガと
プルードンと、始めたばかりのロードバイクの、話をし
　た
人生を、長い小説にしようとして
小説にも、人生にも、しくじった男のことも
地中海へ——
旅をするたび、きみは、ますます故郷《ふるさと》へ
自分自身を、追い込んでいった
そんな気がする
まだ、じゅうぶんに、生きられずにいた幼年時代を
もう一度、原点から、始めるように
それから二人で
店を離れて、坂の途中の古本屋で
きみは、ノサックの小説を、わたしはトゥオンブリの画
　集を買い
歩きながら、それぞれが
かたちのないものについて、語ろうとして
風の中へ、声をとおした

水脈と、水脈を、レールで結ぶ
私鉄駅　赤い切符
改札口で
最後の視線がまじわった、そのことにさえ
気づかぬまま

観念の壺

針の上に置かれたような
正確な一語を求めて、闇を、素手で探る時間を
惜しまなかった男だろう

ハートフォード保険に勤める昼間の自分を脱ぎ捨てると
真夜中、精神だけになった、あなたの
ペン先は奔放だった
針ではなく
テネシー州の上に、一つの壺を置いた*、あなたにとって
正確とは、自己に忠実であることだったが

あなたの尺度はこの世の目盛を超えて柔軟だったから
その謎ゆえに、誰もあなたを
読み終えることができなかった
キュビスムの絵と、黒歌鳥と、アフォリズムと逸話が好
　きで
己れの魂の大きさを、知り抜いていた男のことを

テネシー州に、置かれた壺を
まざまざと想起するには
「テネシー州」が固有名詞であることを、いったん忘れ
その一語が招きよせる地理的な境域も、地政学的な、意
　味も
想念から、はずしておく
「壺」が何の暗喩であるかを問うことすらも放念し
それを取り巻く広さだけを、瞼に光らせてみることだ
テ・ネ・シ・イ・シ・ュ・ウを——
言葉を一切、持ち込まないで、その「壺」を
あなたに素手で正確に、針のように、伝えること
壺よりも、むしろ壺の空洞をこそ支えるものへ、矩形の、

　眩しい面積へ
あなた自身を立たせるように

詩人はなぜ、ひと抱えの、土から成った芸術を
ささやかな言葉の壺を、広漠の上に載せたのか
ウィスコンシンでもネヴァダでもなく
「テネシー」という空間へ
壺を、その肌の丸みを、異物のように包ませたのか

針の先に、貫かれた一点から噴くものが、鮮烈な血であ
　るためには
言葉に張力が必要だ
地べたに置かれた、剝き出しの、観念の器の中の
知覚できない真空には、あなたの張力が賭けられている
　のだ
男は言った
「壺」はいまも其処へ、そしてすべての場所へ
なまなましく置かれている、そんな気がしきりにする
　……

一部しか手元にないのでコピーを取ったらお返し下さい
Adagia《アデージア》とタイトルのあるスティーヴンズの箴言集の
日本語訳の私家版を、思いがけず送られて
見えない森にしんと広がる思念の言葉を一行一行辿って
　いると
この世から、荒々しく、もぎ取られてしまったものと
もう一度、言葉の中で出会えるような気配がして
思考の跡からうっすらと、立ちのぼってくる静かな声を、
　ありありと

一滴も、血ではなかった
あなたを、涙が、巡っていた
悲しみさえも含まない、イデアのような、涙だった

自己韜晦と、妄想と、他人の声を退けながら
あなたの言葉は、ときに部屋から、死せる部屋から生み
　出され
狂気すら寄りつかぬ、混じり気のない正気によって

人の心を打つのではなく
己れのこころを、貫くのだ

＊ウォレス・スティーヴンズ「壺のアネクドウト」

字引と女

どこか、暗部のような処を
横切らずには
手にし得ぬ、薔薇だった
花というより、花のかたちの傷のような

薔薇と女、と題された、その油彩画を見つめるためには
絵の中へ、おそらく私が
脱出しなければならないと
誰一人、彼女の視線の、前に立つことは出来ないと

再版のたび、送ってくるから
字引の方は差し上げます
翻訳家は、画集と一緒に、ロシア語の、中型辞典を差し
　出した
勉強なさい
私は、小さな出版社の、単行本の編集者で
かつて、ルミャンツェフ図書館で
司書をしていた、紅茶が好きな
博覧強記の哲学者、フョードロフの評伝や
ラーゲリで、銃殺された
ポリグロットの司祭の本や
惑星の、進化の最高状態としての
理性圏《ノオスフェーラ》を提唱した
地球化学者、ヴェルナツキイの論攷を
売り捌けぬ叢書ばかりを、いそいそと企画して

夏の日　四次元芸術論と
反ユダヤ主義作家の伝記の、校正刷りを受け取ってから
神田の、地下のサラファンで
恰幅のいいエカテリーナが、怒声とともに運んでくれる

　ブリンチキと
ボルシチの、六百円のランチを食べ
スクリャービンの
資料を探しに立ち寄ったナウカ書店の
極東書店へ通じる二階の、階段の踊り場で
カーク　ヴァス　ザヴート
灰色の、瞳の少女に、覚えたての発音で、尋ねてみると
ターシャ、と言って、恥ずかしそうに、母の腕まで駈け
　ていった
絵の中の、女の瞳に
翳りが、似ているように思った

ナウカ書店は居を移し
私は、編集の仕事を辞め、改装したサラファンに
エカテリーナの姿はない
時間に、拒まれているような
薔薇と女の残像も
ロシア語も、数語をのこして、惑星外へ脱出した
辞書だけが、地上に残った
まぼろしのオブジェのように
静かに埃をかぶっている、三次元の本棚に、確かな重み
　を
キリル文字の、言葉の豊饒を載せながら

久し振りに、辞書を開くと、頁から
霧のように立ちのぼってくる懐かしさ
それは、人への郷愁ではなく
忘れ尽くした
私自身の感情への、懐かしさかもしれなかった

石音

目抜き通りの
取っ付きにある喫茶店の隅の席に
すべり込み
「コーヒー一つ」
ひと摑みの、生暖かい泥土のようなものがやがて

香ばしい一滴を
硝子の底へ落とすとき
かちりと打つ
言葉はない。囲んで、石だけ鳴らしあう
夕刊と　雑誌のかわりに　使い込んだ卓上碁盤が五面ほど

石には触れず、濃い絶品のモカを私は
啜るだけの客だったが
白い音と、黒い音を聴き分けられる耳になるまで、ずいぶんと通いつめた
マスターの名は知らない

「白は、はまぐりなんでしょう」
「そう貝殻ね。黒い方は、中身もぜんぶ石だけどね」
たった一度、水辺の旅館で
教わりながら打たせてもらった脚付碁盤は
抱けば、蹌踉めくほどの重さで
榧だという
森に座って、一局交えるみたいな音を、いい石音を
誘うという

夜のグラスは　琥珀の水も揺らすのだ

水の名前

ドゥルウェ川
とはじめて　その流れる水を　名づけたとき
橋には　まだ名前がなく
朝　荷車のゆきかうころ
うなだれた栗毛の馬の　蹄鉄の音だけを　靄にひびかせ
暮れれば　村へと
しずかな柩も渡らせた
墓地のかわりに　川向こうに　トーチカに似た石造り

の　小屋を並べ
哀しみだけが　流れこむ窓を切り
肉体《コルプス》という呼び名をもった　弾力のある白いパンを
捏ねあげると　人びとは
くちびるが吐く唄を待った

川へは　一人で行かなかった
死んだばかりの者と行った
しるべのように　彼は立ち　みちびき　流れを振りかえ
り

名指さずともよい
まず橋を　ねがうことから始めなさい
よく磨かれた　月のような　あかりが灯る炊事場の
竈の前で　唄につつまれ　わたしも
この世の名前をもち
迎え入れた老いた樹木を　薪《たきぎ》に割って
火を熾した

樹木のたてる音

そこでは、死は、希望のなさを意味する言葉、ヌクレストと、同じ響き、同じ抑揚、同じ回路で発語された。響きは、影としてやってくる。破片のように、くい込む影。唇という楽器でも、容易に弾くことの出来ない音だ。

ピアノは、樹木の匂いがした。光沢のある、手ざわりだった。死を現実の、声にするたび、私が、出血を強いられるのは、この世の体と、あの世の体が、まだ、暖かな脈動で、繋がれているからだ——思いながら、フリッツクーラーと金の文字が刻まれた、竪型ピアノの、白いキーに指を、そっと沈めると、左右に木肌の、清潔に、切り揃えられた断面が、つかの間見え、遠い樹木が、静かな内側をさらしている。触れられることの、少ない場所だ。

遺されてからの私は、部屋の外でも、一人だったが、感情としての孤独からは、遠くに居た、といまは思う。現実とは無縁の者が、現実の中の私を、どの他人よりも激しく、満たし続けていたあいだ、鍵盤から引き上げるたび、指は、懐かしい微熱を持ち、小さな心臓を抱えたみたいに、さみしい鼓動が、宙を打った。わたしの死者。実在の骨。鈍く、関係の断たれる音――。

　希望のなさ、それは、答えのなさと同質の痛苦だが、その出血へ至るノブしか、光っていない、と思えたとき、ヌクレスト、と題された、練習曲を、私は読む。聴くのではなく、五線譜に、ばらまかれた旋律を、一つ一つ音にしながら、内側だけに、響かせる。ヌクレスト。名前のようにも、叫びのようにも、それは聞こえ、ソヌテートのペダルを持たないアップライトの共鳴が、樹木のなかの水の部分と、冷たい空洞で混ざりあう。箱の中で、音楽は、いつもわずかに湿っていて、肺をこぼれる息のように、外気に、柔らかく反応し、呼吸される、鼓動される――一つの、生涯の途上なのだ。

　ヌクレスト。希望はない。だが絶望も、響いていない。ここは、記憶のあなただけしか、存在しない場所なのだ。あなたの死を与えられ、その欠落を背負いながら、私もいつか、わたくしという死者を、与えてゆくのだろう。体ではなく精神でなら、響きの、両側に立てるはずだが、理性にはない、深い場所まで、音を、招き入れてしまう。

白百合

醒めぎわの
眠りのなかの　わたくしの傍らに
ひっそりと
寄り添ってある　ひと抱えの　その空間
なつかしい空間に　そっと
明けがたの手をのばす
体温がある
百合が匂う
花瓶に一束　咲かせている
もう幾晩も　放ってあるのに　人の代わりに　まだ匂っ
て
百合にも　無意識があるのだろうか
あかつきのなか

あなたのようには　絶えまいとして
つよく匂う

遺された部屋

私に、思い出された時だけ
光の射す、遠い部屋だ

オーク材の、丈の高い、硝子戸のある書棚が並び
塔ノ岳から、蛭ケ岳へと、連なる
藍色の稜線を
あの窓はいい、山もいい
褒められてまだ、嬉しかった
消え去るとき、山は静かに、透きとおることを知った
壁際で、うっすら埃を被っている書き物机の
ペン皿には、ピケット社の
目盛りの剝げたプラスチックの計算尺　演算表
ロットリングと、円定規

真鍮の、引き手の付いた抽出しを
開けるたびに、込み上げてくる、遠い時間の臭気が
何処にも、失せきれぬまま

それは、記憶が支えているのか、それとも
部屋に、属しているのか
ボイラー技師の、免許証から見つめ返す眼差しを、知ら
　なかったが
革製の、アドレス帳は
この手で渡した覚えがある
山の代わりに、窓に映った、夜の背表紙
いつまでも、中断されない大振りの
当用日記　社員章

五畳ほどの、部屋に聳えるその人だけの山並みを
潤していた調度品から、光の
痕跡が失われ
今ここは、真空に似た、静寂の中、時間だけを抱えなが
ら

遠退いてゆく、淡い影だ
デスクチェアに、座る背中は、二度と
この世を、振り向きはしないだろう
他者の、束の間の記憶なしには、死者としての
輪郭も危うい

いつか、山の気配さえも、感じる背中になっている

机上の軍人

配置換えされる前の、書店の、馴染んだ本棚が、背表紙の色のならびや、タイトル文字の配列まで、しばらくは、まなうらに、くっきりと思い出された。紙越しの、淡い光。あかりに何度も炙りだされ、稀薄化された風景を、カバーで、丁寧に梱包する。雨が近い。

陸軍の、軍人だった曽祖父が、遺した一冊の戦争論を、長い未完の手紙として、私は読んだ。諦観でも、ノスタルジーの変種としての、体験の手記でもなく、進行形の、歴史を渦中で、見据えながら憂えている。欲望と、戦争の、関係を看破しながら、光を、いっさい欠いた部屋で、むしろ鮮明になるような、暗い予感に支えられた、暗示のような言葉もあった。人生を、はやばやと、降りてしまった人間の、孤独な視線の底を脈打つ、静かな高揚が痛ましい。

日録も、日信も、記したことはなかったが、既知にも未知にも分類できない記憶を書きとめる習慣だけは、その愚行を蔑みながらも、手放せずに至っていた。ノートに書かれた記憶はどれも、知らない歳月に侵されて、褪色し、すでに私の所有物ではないようだった。鏡の中の集光点に、ノートの残骸を立たせる時、たちどころに、真っ白に、私は消滅するだろう。

横浜港。まだ大桟橋も、欧州航路もなかったころ。沖合に、碇泊しているおそらくフランス船籍の、外国船へ、艀に揺られ、砲兵大尉のイグチとともに、乗船する。独

逸国へ。メッケル少佐の赴任した、ヴェーゼルの聯隊まで——。最新戦術を学ぶための、二人の出航を思いながら、百年以上も経った真冬の、臨港線を、ひとり歩く。汽笛が、鼓膜を、つらぬいた。記憶に感染したらしい。

埠頭の壁面を這いのぼる、木屑の浮いた、濁った水。これも波だ。汚れた青に、激しい風と、雪のまざった急な雨が、落ちてくる。海上防災基地に駆け込み、撥水コートの、水を払う。展示館には、沈没した工作船が、赤錆を、びっしりと浮かせたまま、置かれていた。船体の、朽ちかけた弾痕が、イメージのようになまなましい。

マルヌ河畔の会戦から、ヴェルダン要塞攻撃へ——サロニカ方面の戦況から、アフリカ植民地政策へ——さらに、ツェッペリン飛行船や、潜航艇へも、ペンはおよび、欧州大戦参戦国の、作戦経過が、分析され——。核心へ、少しずつ這いすすむ指先は、冷静かつ綿密な、兵学者のそれだった。五〇〇頁の大著のなかを、氾濫する地名と汗。名詞は、そこでは武装であり、炭化した傷であり——。塹壕戦。

いずれ日本は、大敗北を喫するだろう——昭和の初めに亡くなるまでの、それが、口癖だったという。いかにも、帝国軍人らしい精神主義におかされた、論旨をはこぶ行間に、無音の声を聞こうとしたのも、曾祖父の、その呟きを、忘れられずにいるからだった。文字になれずに封印された、熱い、肉声があったのでは、と。

いくつもの、書棚の記憶が、まぶたの夜を沈んでいった。祖父の書斎の、アーチ型の天板をもつ、西洋風の、木製書棚。政治学と、外交史と漢詩の本と、独語辞典。古文書や、昔の地図も、並んでいた。軍事郵便のはさまった、古びた漱石全集も。それらの文字を、追った視線を、私もいつか、追おうと思う。

おのれの、半生を締めくくるため、それは、書かれた本だったのか。それとも、半生を葬るために、したためられた書物なのか。長州閥の同僚に、机上の軍人と誹謗され、参謀として勤めながらも、みずから、軍隊を辞した男。退役後は、読書にふけり、ペン先だけを恃みとして、誰かにおのれを託するように、言葉を綴った隠遁者。未来と縁を切ってから、初めて男は、生き始めた。サーベルを棄て、人生の、時間の質感が変わったのだ。

灰色の、階調だけを流し込んだ風景を、眺めながら、小やみになった、新港埠頭を歩きながら、考える。彼らはなぜ、道を、誤ってしまったのか。欲望と、精神だけを、戦地へ暴走させたのか――そして思う。それでもなお、手紙を読まねばならないと。道をあやまった者たちの、言葉をこそ辿ろうと。大桟橋には、眩しいような、真っ白な大型客船。無数の窓。その中の、たった一つの窓だけを、私は見る。そこに、誰かの、あかりが、灯される瞬間を。

時化の夕暮れ。船溜りには、警備艇や巡視艇が、舳先をならべ、風が吹くたび、船は揺すれて音をたてた。横浜港。二月の空を、カモメが、滑らかに旋回する。瞳を凝らすと、風を切り裂く翼は、小刻みに震えていた。

観想の部屋

家具ひとつない白い部屋は
音を、存分にひびかせる
三方の壁に返され、反響する私の声は
空間そのもの
音そのものを、あからさまに立ちあがらせ
左右の鼓膜は、初めて自分の
ほんとうの声を聴く
たった今、殻をやぶって出て来たばかりの言葉のように
名が呼ばれた

友人たちと、放課後
禁域へ忍び込み
修道女が暮らす部屋の、扉をひらく
造り付けの、クローゼットと

寝台と、木製のデスクのほか、何もない
無いことの、すがすがしい圧力が、悪童たちの
眼球を、幼い脳髄を打ちのめす
ゆわかれた薪　玻璃窓
ツグミ　オーツ麦と胡桃のパン！
黙想の床は冷たく、どんな名詞も寄せつけない

色褪せるまで乾かした、蔓性の
実のなる草を、ベッドサイドの譜面台に
無造作に絡ませて
書棚はなく、絵の具箱と、クラリネットと
フェンダーローズのステージピアノが家具の代わりに
床を塞ぎ、若草色の
リキテックスで三十粒の、原寸大の空豆が
描かれただけのイラストボートが汚れた壁に、掛けてあ
　った
一人暮らしの
七年間を過ごした四ツ谷の
あの角部屋の映像だけが、今もまだ

胸のあたりで
記憶になるのを拒んでいて――

ほんとうの、内部というのは
母胎のそれだけを言うのだと、胎内だけが
「確かに居た」と、言いうる
唯一の場所なのだと、彼はいった
水の部屋の、扉をひらいて出掛けるチャンスは
生涯に、一度きりだ
二度と戻れぬという点で、あの世の部屋とも、其処は似
　ている
一方は、出口だけを、もう一方は、入り口だけを
私たちへ、光のように
不意にひらく
二つの部屋を、繋ぐ回路は目を凝らしても
どの壁面にも見当たらない

祖父の家は、小窓の多い
西洋風の二階家で

海岸通りを少し入った、坂の途中に、門があった
タブノキと、百日紅が植わった庭から
窓越しに、部屋を覗くと
トルソの女と、煉瓦色のソファーが見えた
入院先で、「帰りたい」
腕を何度もつかむ指を、宥めすかし、帰宅すると
電話が鳴り、「亡くなりました」
眠りすらも、終えてしまった、静けさだけの面差しを
忘れまいと、ただ見ていた
海を、聴かせてやりたかった

転々と、移ろうたびに、荷物も、記憶も
引き連れて行ったので
がらんどうの白い部屋には、何ひとつ残っていない
あなたも居ない　誰のことも
死者という名で
呼ぶことが出来ない

灰色の馬

入園無料の動物園の
柵の中まで、腕を入れると
葦毛の頭を
くらりと上げて、おまえは老いた鼻先で
小指を嗅ぎ
風景を、眺めるような透明な
視線がつかの間、こちらを見た
それだけだった
黒い瞳は、その日もついにわたくしに
かかわろうとはしなかった
ばらまかれた干草を、ゆっくりと食むおまえは柵にも
哀しみにさえ、無頓着で

川の、果ての果てにばかり気持ちが流れる
そんな午後
おまえにならば、会える気がした
柵の前まで歩いていった

あの日の、静かな無関心が、わたくしの身に
注がれるのを、感じて
緑の草へうつむく、けものの体臭を吸い込んで
そうしておまえの視界から
夕暮れ、そっと、身を引くのだ

（『集光点』二〇一二年思潮社刊）

詩集〈空閑風景〉全篇

不眠と鉄塔

夜の指は
地上の無数のエレメントを数えるために存在する
文字盤から、時間の音とは別の鼓動で脈打つような
微音がある。蛍光色で
加速される秒針という永遠の、一歩一歩がもはや痛苦
まならさらに、リングノートの
青い錯綜を思いながら……擦過……擦過……雪も聴こえ
眠りの、いよいよ埒外へ――
私は、生地を探していた……ミッシュメタル。否
虹色のモンタージュが露光された、痛点のない眠りの外
で
熱砂と爆風に砕かれながら
離散する……離散される……土地の名前
人の名前。目視できない海の音から夢想されたメサイア

が
建築のかたちで空へ、倍音をひびかす夜に
あるいは、わたくしの融点に
フェライト、灼熱、オーステナイト、崩れて結晶粒界
へ！
おまえは、おまえが生まれた場所から
もっとも遠い一点に、声だけで立つ
神々と、星の名をもつ金属を、地中の元素を数えながら
……
擦過……擦過……雨も聴こえ、ひかりを放つ電波塔
沈黙だけで繋がりあった共同体の模像の中で
海と天体、二つの仮象の背反をこそ唄うために
打刻される。朝焼け、ヒバリ
ひかりを弾く電波塔——生地が、新しい廃墟として
眠りの中へ戻ってくる

コンケラー・レイド

モノローグに入り込んで、戻ってこない君の声を、声の背後をゆれる文字を、どの視線でひもとこう。臨海鉄道本牧線の、残映のような線路から、なぜ追想が、はじまるのか、木洩れ日だったか……入り口があり、「生まれた場所に、故郷がない。東京生まれの実感です……」

必然みたいにそこに居て、育って、日々に、飼い馴らされて、「電波塔が、いつでも見えた。自販機ばかりが光っていた」

歯むかう風に感じるほどの抵抗感さえ覚えずに、建設工具ウルマの前で、あの夜、分岐した隙間があった。素早い忘却に耐えうるような、映像ではなかったはずの、淡彩電車。もう空からの、南をはらんだ飛翔もなく、かたちだって雲になかった。事後だけに咲くノウゼンカズラ。明け方、柔らかく濡れだす土。サークルライトの青い彩度を、両目は、うっすらと覚えていて、更地に羽音がひくく響いて、遠いバラック、丘に見た……。

二人で、草色の私鉄に乗り、水滴のようなオブジェを観て、瞼にのこる琥珀の雫とガラスの残像を消しあって、それから、知らない坂をくだり、ライトに睥睨されたまま、誰にも、追い着こうとしなかった。「川にも、坂にも、名前があった」

星が、生き物として刻まれた、小さな未完のリトグラフ。内的な雲。その頂点に、ひとりの立体としてさわること。空も、君も、地上を分かつ、二つの来歴を持っていて、雲が、君の内部なら、君は、空の外ではない……コップの中の、陽射しのかけらを、薄い唇で知覚して、どこに、天体があるのだろう、凹凸からも、返事はなく、建築のまま影が崩れて、「地中に深く、骨だけがある……」海辺の流失。曖昧な壺。その不随意の光をよぎり、読まれるだけの浅い文字の、かたちが、目のなかで崩れない。巨視的なロードマップに、触れまいとして手繰る画像の、もう一度、針のような尖端に似た盲点の、白に眩んで、すでに、昨日の、表象でしかない君の声が、仄暗い透き間にうまれ、散らされたまま消え去った。わだかまった鳥の影を、何度も川へふるい落とし、遠すぎる雲を仰いで陽射しを点綴するだけの、青い楓。ジャンクションから、灯りのように乗り継がれ、洗浄された車体が街で、魯鈍な往復を縫ってゆく。朝霧が立ち、何か、とても、二人に大切なひとつの音が、丘の向こうのはかない土と、あのとき、すみやかに交わった。「そう思う、思うしかない、きょうも、空白を生きています……」

実在しない齧歯類の、亜種のイラストを添えながら、コンケラー・レイドの白へ、ブルーの筆蹟を流し込み、「青墨」というボトルインクの、底にも眩しい街はひかり、語り尽くせぬ海との絆を確かめるためのペン先が、日暮れの筆圧を通過して、かろうじて、また夜を出る。揺れない起伏。「記憶だけでは、もう、存在と呼べないの？」二つの山肌に照らされた、君の清潔な立体に、知覚の筋道をふさがれて、光の双方に立っていた……。「まだ山小屋です。最初の霧です」いつか、記憶から醒めたとき、君はまた、あの書き文字で、白紙へ、故郷を綴るだろうか……。

朝、太陽の方角から、手紙はいつもわたしの中の、小さな気持ちの空洞を、揺さぶるように届けられ、灰へと渡された日月を、目覚めたとたん閉じる瞼を、感じとられた指の甘さで、やさしく、この世へとひらくので……星座の焦点。書翰箋の、最後の一行を読みながら、「ジャラータ」、と声に出して、心に青く、月を思う。

手紙には、二人で撮った、川の写真が挟んであって、君は、そこに、光ではない、別の流れを見たのだと思う。寄り添って立つわたしは、けれども、その川の名を聞けないのだ。

蒸溜癖

海を、はじまりの一滴まで、浚えるように思いつめて
——岩浜にいた。仰角で見る。荒布《あらめ》が、三脚を拒んでいた
旅に出るのが怖ろしい。いつからか、そう思った
断面を剝き、寒風に折れ、朽ち果てていくトベラの木
何から離れるのを恐怖したのか——みずくさを摘む、

朝のゆび

抽象的な青のなかに、具体的な青が揺らぎ、気配が
水中で反転し、その波跡に、在ることを許される
宇宙の終わり、すべてが、ひとつの虚点へ、ふたたびなだれるように
薄ずみいろの傾斜を滑る。そうせよ、とただ望まれて
——
すがすがしい間隔で、市有緑地を照らす窓
船影もない磯公園に、白銀のシートはなびき
いちども、崩れない星座のかたち——サーモスのマグを傾ける
ほんとうは、どの海面も、宙《そら》へ、柔らかく傾いて
硫黄の匂い。砕かれる山。淋しいピッケルの音のこと
ピスタチオの殻の闇へも粉雪の散る三月の
君は、七つもポケットのあるカーキ色のモンベルの、登山ベストの

メッシュに透けるアーミーナイフを押しつけて
（傷だと思ってふれた痛みは、肉ではなかった、熱だけ
　が擦れ）

どの指先も、徹底的に自由にしてやる。笑っていた
つらい日付に、人間ではなく、植物の輪郭でふれながら
――

放擲された木製ベンチの、隅から眺めたあの海だけが
国境のない水面だけが、いまも、海として信じられた
サルフェートの匂う唇。肩越しに見た鳶の声
そんな虚無から、許しあった、蒸溜された記憶のなかで

旅への怖れ――ただそれだけが、歩行を光へと集めて
　いった

符牒

夜空へ、空白を打ち上げるようにして
しろい花火が、いくつもひらく
ひっそりとした音が、鼓膜を、顫わせながら流れ込み
かつての色彩をいとしむように、灰が、まぶたに積もっ
　ていった

季節を、すこしも喚起させずに、夏をやり過ごす白壁の
海側に建つ高層階の、部屋の窓辺にも、影は散り
生きられないまま、永劫に、増殖してゆく日付の中へ
白い頁へ、ねじ伏せられた、あなたの晩年がいとおしい
またたきによって透過され、滅色を待つ八月の
ひとりぶんの空の下、残響のような影を曳き
想い起こしてもらうためには、ほんのわずかな、風景で
　こと足りた
見えない橋のような高さが、うっすらと、そこへ掛かり
あからさまに光、だから、明暗だけが、水に在るから
真夜中、フェンスでひらき損ねた、つぼみと等量の寂寞
を

誰かが、痛みが生まれる前の、右手で、この世から摘み採った
たったひとつの符牒のために
塗りつぶされた生涯を、記す日記が、部屋のどこかで
まぶしい晩年を生きなおし、二人で記憶に耽っていると
背後の、それぞれの断崖を、ひっそりと
わたしの正午を、追いつめてゆく日付がある
ガラスを濡れて、花火の影が、夜明けを、散りながら遠ざかり
残映よりもはかない指で、忘却のための楔が打たれ
銃声はまだ、聞こえていない
はじめてずらされる布の音
遠く、日没の窓を透けて、しずかに霧雨を待っていた

モノロギア

声に出せば、唇へも、耳の奥へもよく馴染む、たった一つの確かな地名を、確かな土を持てずにいた。モノロギア――わたしが、わたしへ、体温よりも脆い吐息で、〃流星体〃と呼びかけるとき、水際を射る陽のひかり。音によって運び込まれる映像への盲信から、出立の記憶をはばむ、ひとつの緘黙へいたるとき、風跡までが、透きとおった彷徨体のまばゆさで、行く手をひらき、瓦解をのがれた駅舎の名前が聞こえてくる。

静寂《ヘシュキア》の地――ラハスの丘。知らない起伏に誘われかけて
内省された巣穴の奥の、どの翅よりも自由になって
暁を呼ぶけものの声に内側から囁かれ、支流を辿り、水《すい》際線《さいせん》のステラリウムを抜けながら、〃脈石〃という言葉がしきりに、羽音とともに思い出された。金雲母だの石英だのが、陽射しに静かに拒まれて、みずからの地層とともにほころびては朽ちる場所。もうどの声も響いていない、風が晒すだけの土地で、わたしたちは、互いの記憶を、恐るおそる交わし合い

プネウマの鼓動をつれて、甦ってくる沼影の
忘却された起源を底に、映そうとする水面が、昏みに揺
　れて
わたしはそれを、黙視のなかで追いながら

身を撫でてゆくどの風よりも、ひかりに夢中になってい
た。鳴動があり、潮沼を背に、たった一つの棲み処へ向
けて、巻層雲に散乱された翼が、羽音をたてていた。夜、
風景と闘いながら、画布に重ねる〝点《スイミオ》〟のように、白い
脳裡に声を打ちつつ塗り込めてゆく海景の、その埒内で、
息をまさぐる、押しころした指があり——

透きとおっていつしか土も、水面《みなも》のように誘ってくる
地表を割って、粘土層から砂礫層へと流れをひらく、波
　線のような
水の彼方で、カマツカの木を揺するとき
磯が滅んだあとでもなお、光り続ける〝流星痕〟。瞼に
宿る粒子はけれども、すでにこの世の輝度ではなく、遙
かな空漠と繋がりながら、どの星からも、独りだった。
魂に似た、威嚇のような太陽の緋に照らされて——
誘《いざな》う背中は、岩場へわたしを素通りさせる影を曳き、亡
き人とする対話はすべて、儚い独語にすぎないと、断崖
とは、たった独りで立たねばならぬ場処のことだと

祈りさえも、おのれへ向かって眩しく反響するだけの
積岩《ラハス》の地——その視野を耐え、光点のないくらがりで

モノロギア——取り残されたわたしと、死者と天象だ
けが、存在しあう遠い淵から、水際を射る陽のひかり。
羽音ではなく、黙視によって水辺を背後へ呼び入れなが
ら、二分された土壌の、むしろ明るみよりも昏みの方へ、
〝脈石〟は散り、駅舎に紛れてもはや街とは呼べない丘
の、ステラリウムの、空の密度に一度も精神を触れぬま
ま、打ち上げられた岸へも土へもどの巣穴へも身を収め
ずに、そこだけ熱い眼窩を晒して、地中の瞑目を見据え
ていた。

鈴

名前の影から離れなさい
知らない母国語で呼ばれていた
自分のなかの濁音を、わたしへ、吐き捨てるようにして
名前はしずかに、わたしではなく、影のほうへついて行
　った

記憶にひとたび草が入ると、遠のいてゆく人声の
顫えが、空洞を鳴らすたび、暴かれてゆく泉があった
地に垂直に、生まれ続ける水を、両手で包むように、授
　かりながら
湧きだす影に、惑乱のように呑まれること
明かされる土。まだ感情を、岩南天の繁みへ残し
けっして水には映らぬ音の、輪郭へ身をひらくとき
鼓膜を素通りさせているのに、蹄《ひづめ》のような挑発を
木柵越しに覗かせながら、けものの名前が呼ばれていた
その咆哮の奥にはいつも、始まりの傾斜があって

呼ばれるたびに、生まれ落ちて、知らない音膜へもぐり
　込み――
動き。あるいは動きを濡れて、離れる唇のようなもの
そこへ、わたしが充ちわたるよう、絆のかわりに木蔦を
　引くと
見つめれば、見つめたぶんだけ、背丈を伸ばすユーカリ
　を
最初に揺らした朝の音符が、きのうの音源で奏でられ
（名前よりも、わたしへ食い込む音が、この世にあるだ
　ろうか――）
密かな呼び声を洩らすための、響きが、土壁を打ってゆ
　く

一つの生涯と呼べる鈴の、反復をただ聴きながら、風景
　をささえる音は
わたしを、否むほど賑わしく
名前からも、咆哮からも、汚れて、遠い鈴の痕を
この唇と舌で背負って、ほんとうの土が呼ばれるのだ

巻き貝

翻って、沖合の旗。日没まぢかな海原へ出て
あの世へ、種を、播くように
散らされる灰。浮き島も見え
この風景に、もう一度だけ、居たいとおもう。まだうっ
　すらと
空に懸かったきのうの月の
消滅の跡。岩蔭に立ち、白い螺旋のゆくえを追って
巻き貝。シャッターで切り落とす

原当麻から、また乗り込んで、押し寄せてくる左右の土
　手の
葉むらを潜って社家を過ぎ、単線軌道
山裾がみえ、門沢橋ではもう辿れない、起伏を
なだらかな稜線を、まぼろし、として崩れたあとの
幽かな距離として目に残し――

いつか眺めた、青い車窓へ、燦々と朝、射し込むものが
光だけではないことに、気息の気配に
やがて気づき、けれども浴びずに
影より脆い生命を、樹と呼び換えて、これから、私を晦《くら》
　ますはずの
弔いの日の海原の、その先にある夜も忘れて
林を、瞳《レンズ》で浚えていった

そのあと、という時間をおそらく
すべての一枚は欠いていて――写真は点《スイミオ》だ
瞬刻、すなわち分割できない時間の粒を、三次元の
　否定として
表面として凝結する。未来への風穴も、過去への通
　路も、そこにはなく
針のうえを進むような、現在という一点が
眼球という点《スイミオ》によって、暴力的に覗かれるのだ

無人駅で、どの時間へも、どの空間へも還流しない
世界に対して、完全に、空白であるような一点を
思いながら、車窓に呑まれて、倉見、寒川

香川を過ぎて、終着は海。太陽へ、もう一つの目をひら
　くとき
いまにも、砂を飛び立ちそうに、翼を張りつめた一羽に
も
静かに種をはらみ続ける、原初の土にも、気づけぬまま
――――
おまえは、構図から逃れたい
風景のふちから溢れたい
三秒前の、巻き貝を揺り起こし、私も
泥土から生まれてきた

*

古層音

遮断機は下り
草を揺らして埠頭へ向かう単機列車の
一輛だけの青い通過が
雨ざらしの音を立てて――
線路《レエル》　現実《レエル》？　水の手前で断ち切られたひかる鋼《はがね》
貨物線の廃線跡から、米軍地区の資材倉庫へ戻りかけて、
　やはり行く手に
潮を感じてきびすを返し

　古層音、と言うんでしょうか
　残響だけの名前が空に、ミ・ズ・ホ・エ・キ、と
　　紛れ込んで
　まだ聴覚と、触れ合えぬまま

来世という希望に少しも信憑をおかない花火師に
発煙もなくちりばめられた　瞬刻だけの星座のように
名前は呼ばれ　逃せばたちまち
像をほどいてしまう駅舎を
駅舎の中を素通りさせた　百年前の西風を

たぐり寄せて、波も知らずに、名前とともに陸棲として
夜を生きた。金網越しに
忘却された列車のための脈絡のない赤錆色の
アーチが見え——鉄橋だった。線路は、完結していな
かった
途切れて、宙にほうり出されて、黄土《こうど》へ向かってただひ
と色に、朽ち果てていた
廃駅。あせび。繋留船のあかりも見え

場所と言うより　時間と呼ぶべき空間なのかもし
れないと
枕木も　砂利も踏まずに体感された古層だと
思い至れば　生まれた街には　いつも遠景の海が
あり

青い水滴の内側から、眺めやった工場街の
プラントの常夜灯が、ゆっくりと光度を増し
管と管の、荒々しい屈曲と、交錯が、あからさまな鋼《はがね》が
闇に
臓器のように照らし出され

落花がある。岸壁。上屋《うわや》。荷捌き地を見下ろす駅の、時
間と雨滴の交わる土に
ひとつの世界がまぎれ込み、みずからを裂く
雨の向こう　魂の底からはじまる音——
工信号アースの脇の、車輪がなんども揺するあたり
新月へ、真っすぐに、ひらいた花とすれ違い

踏切りぎわの常盤川の土手をのぼって千鳥橋を、
百年かけて
赦されながら、渡りつづけた者がある
遮断機は振れ、此処から先は、おそらく水。隠れ
水——

音のする土にはいまも、線路を躱したわたしが立って
古層音、と言うんでしょうか
雨ざらしの名前は呼ばれ、知らない水に

もう一度だけ、芯をひらいて触れてみそうな、風音に身
　を打たせてみそうな
行く手に潮
空を聴き――

臨景

　砂へみずからを記憶して
　　　阿頼浜を打つ雨滴の影
闇越えのあと暗渠になだれて水流のまま脈打つ音は
足下に白く堰かれているのは、黄土《こうど》を溢れた湖水だろう
か――
　極度の土　瞬景　喚《おら》び　貝の坩堝を思うとき
　破砕された巌のことを、〈砂〉と呼んではならな
　　かった
　雨はいつも、漆黒の、シルエットとして浜を穿ち

透きとおった輪郭を、抜け出るまえの水粒の、ひ
　とつひとつに
歪曲された太古の月が映っていた
　　その月面に重なるように
　　　青光りする蟲物《まじもの》の月
――C号岸壁《バース》に繋留中のパナマ船籍の冷蔵船、ALME-
RIA CARRIER の船体へ、レンズを向けてしゃがんで
いた。船首側の五トン用のデリックに吊り下げられた、
木の荷役台《パレット》には、八段重ねのよく冷やされたカートンが、
南の島の太陽光を宿したままの果実が積まれ――曇天
だった――風下に居た――そこだけ時間がふるえて
いた――青果上屋に山積みされた空パレットの前に立
つと、酸味と甘みの弾ける匂いが、記憶のようにたちこ
めて――南半球――青い実だけが量産されるプラン
テーション――麻縄――汗、汗、散布される異元素
の霧――開拓農民――冷蔵船《リーファー》内の船艙へも、甘い呼
吸は充満し――

どの画角にも収まり切らない、レンズの知らない
　海があって
　　その波音に打たれるうちに
　　　　　冷えてゆく星
　白色矮星――ひかりを手放す星の末路を、
　　進化の果ての太陽を
二度目のエアロゾル層から、俯瞰される荷揚げ場で

妄想しながら拾い上げた、誰の虚ろにあてがう石？
カチリと時間をひらくような、音をたてて、硝子の
向こう
無収差のまま眺めた空の、朽ちてゆく色――海景
　――廃景？
二重写しの臨海道を、用水池に消える雲を
ひかる突起を迎えるための、青い空洞を捜していた
　――

　阿頼浜――最後の砂を侵して

　　　　　雨滴が、光芒を放つ場所――

旅装の男と喪装の女が、互いの繊維に寄り
添いながら、車窓も眺めず画面の中の青い
草叢を覗き込み――亡友の声、その残響
の中、顫えやまない〈砂〉があって――
土へも草へも顫えは及び、言葉に似た微音
が湧いて、微音の中に、草叢よりも確かな
現実を見ようとして――緑陰列車に揺ら
れるたびに、互いの過去に打ちのめされ、
灌木を分け、土塊《つちくれ》を嗅ぎ、みずからのけだ
ものを胸骨にかくまって――

広角寄りに回し切ったタムロンのレンズリングの
焦点距離を記憶したままコンパレーターに頼る指　レイ
リー散乱
ひかりが大気を偏光しながら貫くとき、風景からはぐれ
た空が、真っ青なまま滅びるとき
照り返される〈浮遊粒子〉、その寂寥をこそ撮ろうとし

た――
透過された港湾都市に堆積された風景を
一枚一枚めくりながら、可視光を逸れ、岸壁《バース》に立つ
海にも空にも支えられた、此処もひとつの臨界なのか
――短波長の光がいま
逆しまのレンズの底、肉眼よりも青い角度で弾かれてゆ
く天空へ

羽音もなく、太陽だけを横断させるサバンナを
乾かしてゆく風の推力
遠ざかる鐘――ドゥエガの樹
緑色の実芭蕉《バナナ》を房ごと、褐色の肩に揺らして
何ヲ信ジテイルノデスカ――
〈星〉以外ノ総テノモノヲ
ブルキナファソの女はきょうも、唐人稗《トウジンビエ》
を練りあげて
誰ニ祈ッテイルノデスカ――〈星〉以外ノ総テ
ノモノニ

――対岸にあるコンテナ埠頭へ荷揚げされ
たセーシェルの、凍った魚。マラウイや、ブ
ルンジ産の甘い茶葉――此処には、すべて
の大陸から、寄港する船があり、私もみずか
ら離れた島を、余所者として愛しながら、境
界だけをよすがとして、葉先の、一滴の雨を
撮る。球面に映り込んだ艶やかな大陸には、
私の起源のような水が、かくまわれているだ
ろう――雨期の草原――ジュラ語でつぶ
やく女の、肩の抑揚が――

星以外のすべてのものへ捧げられる暁から
ぎりぎりまで視線を退《ひ》けば、私も島も、一点に重なる
貝と摩耗と光跡と、わずかばかりの草を残して
――部屋ノ中ニ月ガ在ルワ――天井を
指し女が言う
私たちは岸壁《バース》に出る　ほんとうの月を捜すために
捧げた祈りが呼び声のまま響きやまない天空に――

　白色矮星　その星の名を
阿頼浜に似た砂地に立って、旅人として呼び合
　うだけの
　　声が聴かれて、硝子をひらき
　　　月に　青青と俯瞰されて
　　　　陰画の海を渡っていった

飛翔痕

まなざしも
声も憎悪も届かない堆積層から
酷薄な流れに呑まれ　土も踏まずに浦まで来た
折り返されたみずからの
視線に背中を晒しながら　後戻りできない景色を　生地
　とも
海とも呼べず――

運河を見る。澱んだ水の、昏いおもてを揺れる青を
引き裂いてゆく羽搏いてゆく、ひと条《すじ》の
飛翔痕。それを、誰の水滴から、覗いている音だろう
明滅があり、小型カメラの
黄閃光の照らす空が、箱のかたちに幽閉された空白とし
　て感じられ

わだかまった何本もの舫い綱と
磨滅に歪んだ浮標《ブイ》のかたち。こんなにも
生まれた土から　隔てられた両耳へも
波音は打ち　潮と　排気と
煙霧の混じった粒子状のなま暖かい雨滴の中で　産業道
　路の
高架下の振幅から逃れるうちに――

恵比須町。工業地帯の、一人の住人も居ない街の
点景として運河を渡る一艘の作業船を
ひと条の、波の行方を
眼差しでまだ追いながら、出田町《でたまち》埠頭の野積み場も、物

　揚げ場も右手へ流し
この天空を、かつてよぎったすべての鳥の飛翔の跡を
いちどきに見る。水際に立ち
舫い綱をほどく時――

おまえが滅し切るまでの　腐爛の時間を見まいとして
　生々しい柩の中へ
投げ込まれた炎がある
すみやかな灰。白木の音。わたくしの雨量もそこに乾き
川の中の日没の　柔らかい筆先を待つだろう
カワノナカノニチボツノ　ヤワラカイフデサキヲマツダ
　ロウ

飛翔痕。鳥の時間と向きあうような背中になって
海底線保管所の、鉄柵越しに透ける海を、解体中の河岸
　倉庫の剝き出された鉄筋を
獣のような先端で、内壁を突くクレーンを
眺めていた。滅びかけた空へも、水へも映りながら――

朽ち舟がある。
地磁気のこもった真空域から湧き出るような
力に打たれ　遠い浦から　雨滴の混じった温い風が　す
　でに
まぼろしになりかけている恵比須橋と
浮標《ブイ》を濡らし
箱の内側と外側が　青く入れ替わるようにして
空に呑まれ　流れの渦の
底にも　空白が見えてしまう

廃川

きささげの実の地面にのべつ振るい落とされる音がして
　　この一角にだけ、何故みずみずと
　（雨脚の風）
　　　濡れているのか

　歳月でなく意志によって剝き出された河床の、

小さな、ひかる溜り水――
――翔《かけ》っている。閑かに星へも、
切り通された盛り土《ど》へも

走り抜けた往路がしばらく、カナムグラの繁みを揺らし
見え隠れする霊屋にいつか、「女人」として拒まれた
籠もり沼。紗に肌の透く大神《おおかみ》たちの不文律
熱い翼の弧線を映す、水面に、
そのための青を曳き

弾むんでしょう
このあたり、夜、枝分かれしたばかりの股に
湿った影が生まれ続け
(橄欖石だの、珪石だの)
あの世の気うとい息にまぎれて鎮まっている西空の
乱月へまた火箭をつらぬき、いまは
「凪」と呼ばれよう――

一羽、二羽、翔鳥も消え、傾きかけた水座敷。その「空
間」はいま、否定された「時間」のように瞳に見え、川
筋の果て、また洩れてくる蒸溜光の翳りのなかに、錯乱
の形で藪を、漕ぎわたる者がある
(橄欖石だの、珪石だの)
そのための青、(生《あ》れつづけ――)
奈落を積んで、この世の傾斜に、
おのれの軸が定まらない――

暮れない坂。そのまま神ともはぐれて
岸まで駈けもどり
河原に影をあたらしくして末路へひらく唇の
あの温かい「息」を生むのは、あれは、
どの身の肺腑でしょうか――
犇めいていた真鯉の姿は、その骸さえ見当たらず
(なだれる尾花)
白い土塀の、窪みへ、聞き耳を立て続け――

採っても採っても、採らせまいと、
躱そうとする力があって
あなた、それこそ花、なんですよ

挑むと、余計に悔《くら》ませる、いや、
　挑んだつもりが蘗に見られて
　こちらの影まで裂けている――

――風花よりも淡い姿で淵に生《あ》れつぐ水神たちの、濡
れたばかりの気配を汲んで、鎮灰祭を待っていた――
あの神無月、失いそこねた時間の隘路をひりひりと、疼
く跫音。山あいの霧――鳥の燥《はしゃ》ぎを待っていた――
石くれを打ち、奈落をこぼれ、窪地へ一閃の汗と散り、
まあたらしい暦のゆれる、破砕のまえの仮小屋で――
　そのまま轍《わだち》に杖を取られて
　　もう戻れずとも構わない――
　　刻々を哭く老女の声を、響かせている街道を
　　　捜しあぐねて快楽《けらく》へ黄泉からさかのぼり
　　（ヒサカキ、斑雪《はだれ》）
どのような風の下でも、放埒にただ舞い散る実
「撓り橋」へ向かう土手から、おぼろげに見る廃川の
　一羽、二羽、小鷺も眠り
（スズカケノキ）

立ち止まり
踏み入るたびに枝分かれする脇道という想念に
囚われたまま、視野をのがれて
息も見せずに歩き続け、不明瞭な葉脈に、
爪先から迷い込んで
　きっと誰かの
　投擲された仮面のような来迎図
　三つに裂いて、六つの裏面の
　それぞれにまだ「貌」があり――
　（弾むんでしょう）
こうして河原に、ひとり、坐っていられるのも
　背をどこまでも温《ぬく》い片手で、
　　濡らされたまま尽きるのも――
　廃川の底、まだうっすらと水面の光る黒土を、
反芻しても、日付どおりに鈴懸の木を辿れない
そんな午後まで戻りかけて、かつて在ったものらの声と
ばらまかれた地中の種を刻々に目で追いながら
　川とも別れ

　亡者としてのみずからの結節点を
月へ放って、昏い位相へ想念から束ねてゆくと――

　　　気配から、だいぶ遅れて
　　　（きささげの音）
　　　　鳥影がやってくる

静かな使者

みぞれの音階を弾《はじ》くような、仄暗い土地の名も
痩せ地を割って流れる川の
名前も、水鳥が攫っていった
橋を、吐息から渡りきり
それゆえの裂傷を、疼くゆび
翳せば、暦を捲ったはずの、右手が今朝は、月よりも遠
い

捩れた雨や、枯れ色の草
山側にだけ、こぼれる花
わたしも濡れずに、この土でなら、まみれて灰ごと腐敗
　できる――
そんな終わりが始まりかける、けれども
曖昧な坂を踏み、取り壊された水屋の向こう
崖にも、雨脚が打っていて
訪う土地は、訪うたびに、何かの跡地になっていた

始発駅まで続く暗渠の、澱みを覆う板も朽ち
ふれたい指がもうないことの、とぎれとぎれの悔恨と、
　道への情念
鉄砲坂に、冬蔦の這う垣はなく
真夜中、木張りの高天井から
背景もなく剝きだした、うねる木目のまばたきも
生家も、どこにも捜せなかった
山茶花も枯れ、いまはビルの、窓に冷たくよぎるだけの
わたしに兆す間接光と、根雪の、淋しい崩れ方

集積所の裏手に立てば、かつての井戸は、地所となり
アタッシュケースのジュラルミンに
灯りが、眩しく散らかって
オノマ、と響くビルの名が、背後でしきりに呼ばれてい
た

始まりの、場所など何処にも、ないことを知りながら
存在に、先立つひかりに、砕かれたい
とただ願った。坂にも、山にも支えきれない、泥濘むば
かりの
昏い跡地の、地の下にまで流れる川の
すがれた、蒼い音のなかで——

白昼の、アスファルトを、横切ってゆくキセキレイ
束の間、天から降り立った、静かな使者としか思えぬ鳥
の
翼が、越えてきた断崖が
この亀裂から、また呼び出され
いま在るここが、この一点が、わたしの土、と思い做し
て
折り返された翼の跡を、空地の
片隅でたどってゆく

野姿

夜を、あらかじめ眠ろうと、揃えたかかとから床《とこ》に着
き、時間に先だって顕れる六月の、そのひとの枕辺の、
青畳にわたしも居た

　梅雨じめりの縁先なのに、滲んだ板目から風が立ち、
明かり取りの障子のむこう、残像のような檜葉が揺れ、
汐入池と車道に面した、離れのひと間の前庭に、ことさ
らな香りを立てて、ひらいた百合も植わっている。すべ
てが現存として在りながら、時間を少しずつ欠いている、
そんな気配に包まれたまま、誰かに、忘却をあやつられ、
雲間に渡りの針路をはずれた、カモメが真っ白な影を曳
き——

太陽と、入れ違いに生まれ落ちる獣たち。まぼろしには出来ない仕方で、彼らも、此処へやって来て——はぐれた、青い、あそこの船も、水の外だよ——教えていた。滅息の者らを遠く、呼び入れている空舟が、水街から水街へ、きょうはじめての跡を曳き、散乱された雨滴が闇を、点《スイミオ》となってやって来る。その舟影を、わたしもいつか、見たことがある、そう思えた。しかもそれを美しいと、何度も瞳に入れたいと

　追想の、巡りの果てに呼びだされた海鳴りと、北から響く、港をはなれた渡航者たちの返し唄。〝思うこと〟が、〝見ているもの〟を、烈しく揺さぶってしまうから、眠りのなかで出会うあなたは、決まって、幾らか、わたしを帯び、触れればたしかに生きているのに、少しも、息をしていない。その青ざめた静寂に、慣れる瞳を持てないまま、面影となる寸前の、わたしは、あたらしい船を待ち——

　どの天体と、どの天体の、板挟みになっているのか。

引力とはべつの何かが、星座の均衡を攪乱し、覚醒という希望の絶たれた、往路ばかりが地表を這い、そこへの滅却を求めてやまない、野生の情動のやるせなさ。眠りのなかに、名ごりのように取り残されたあなたの指が、離れの窓の、わたしがまだ、知らない姫沙羅の幹をさす。汐入池から、百合の混じった水の香りを手繰り寄せ、瞬間、以上の素早さで、飛び立つ囀りを聴きながら

　そのとき、わたしの縁を濡らして想起されるあなたの声は、わたしには、この樹を満たす、ひかりのように思われる

櫟沢

あなたに見せたい道がある
便りにはそうあった
櫟沢と里の境を　矢ヶ瀬へくだる街道で
まみずを啜れば　鼓膜にもう

涼しい川音がたちのぼり
（歩くための道ではなく、見るための道もあるのだ）
月のかたちに枝を撓めた
ヤマハゼの木の繁みの奥の　道に
左右から抱きとられ
遠退いてゆく背中がみえる

ほんとうに旅した記憶が　わたしに一つもなかったので
道への時間を旅と名づけて
溜り池の縁に立ち
夕陽に　何度も射し込まれては　人里へ
また戻りかけ
（そのとき、わたしを離れていった、翼は、まぶしい鳥
　影は………）
踏み出すたび　押し寄せてくる青澄峠の残像の
昏い深みに　わたしだけへ
見ひらかれた瞳があって
沢音からはじまっている　道が　瞳をさえぎる場所で
ほろびのあとの　真水がたてる
傾きの音を聴きながら
もう長くはない人との　体温だけで交わす握手も
握手の前　指をかすめる
一瞬のやるせなさも
櫟沢と里の境の透きとおった影の中へ　預けてあなたは
道によって生を享けた人のように
夕暮れのうしろに立つ
光の奪回がはじまるのだ

孤影

跡が消された跡、のような、道筋をたどり終え
箱より軽い部屋の闇へ
みずからを消し、風を通した
部屋と世界が、触れあえぬまま重なるときの、余剰部分
そこで、外皮から朽ちるとして、最後に
わたくしに、何がひかるか

待たれたことなど一度もなかった背中へ、静かに差し掛けられる、涼しいドーム
白昼の傘。その先に建つ送電塔
張り渡された声の束の、すべての、光の、神経がはりつめて
——此処にも、居たことがないのです
——陽射しが、硝子を、折れていました
この世へ、落剝されまいと、張り詰めている真円の、月のように
誰かへ向かって、この身をしんしんと注ぎたい

*

工場アパート

海に沿った南行車線を
夜通しトラックで運ばれて
真夏の京浜道路の上を、横切ってゆく鋼鉄パイプ
稼働される重機の前で、いま無秩序に振れていた、乱雑な針
電動タッパの、鼓膜を揺さぶる回転音が
切削機の音と混じって、激しく光沢を打ってゆく

トタン張りの工具置き場に立て掛けてある廃材だの、雨ざらしのまま打ち棄てられた鋳造用の木型だの、外階段の踊り場にまで積み上げられた金網だのを、眺めながら、運河のそばの工場街を歩いていた。遠近法、そんな紛いを、景色は、ことごとく逃れ出て——俯瞰する汗。ライトバンの、荷台に煌めくスクラップ。湾岸線と羽田線《モノレール》を、同時に瞳に走らせながら、護岸を離れ、いまさら訪ねた父の工場はすでに無く、「テクノFRONT森ヶ崎」

――すれ違った職工さんに、教えられた新築ビルのエントランスに吸い込まれ――

ここにも、真夏と張り合うような、熱度のなかの研磨音
銅線の束。一斗缶と、絡まり合った屑鉄が
積載量600キロの三枚扉のエレベーターから
フォークリフトで搬入される「部材」と並置されながら

――

地上の波動を逸れた微音で、感覚されるノイズの中、覗き込むたび
熱気を帯びた金属臭が鼻を突き、かつてのバルブ工場の
跡地は、市営の雑居ビルで、工場アパート！　大森エリアの「町工場」の群体が――

砕けば、いくらでも脆くなり、この世のどんな、隙間にも入る――そんな異体と化したメタルが、加工機さえ
もくぐり抜け、バルブによって制禦され、減圧された流
体が、破局をはらんだL状パイプを、かぼそい生命に繋いでいた。電子音と破砕音が交互に響くユニットから、
行き先のない箱を積み出し、朝焼けをまだ追いながら

――

「立体倉庫と工作機械の一部が破損したものの
三月末にはほぼ正常の、出荷業務を再開しました」
初夏に届いた社内報には、福島工場の記事があり、発電所のプラント向けの
バルブを設計していた頃の、仕事の話を
父から一度も聞いたことはなかったが、仕事部屋の机にあった薄手の製品カタログの
虚ろを抱えた金属の、意匠はぼんやりと思い出す
それが、配管部材としての、名を持つことさえ知らぬまま――

「工場アパート」の一角にある、小さな草原を感じるような、中庭へ出て、羽田をいま、発ったばかりの翼を仰ぎ、不意打ちのような空に眩んで遠い海辺の工場の、
「生産ライン」をまぶたに浮かべ、聳える「立体」へま

ぎれ込み――最後に立つ者の形相で、窓枠を払ったあ
とに、残される海。光の中の、小さな惑星が鳴動し、烈
しい流体の変動が、バルブのフランジを震わせて、世界
が、まだ、完全に、崩れていないことを告げる、鮮紅色
の点滅が、プラントの夜をささえていた――真夜中、
父の日記のなかを、流れはじめる廃油の臭い。音もない
のに、その手はなぜ、「負荷率」ばかりを書き込むのか
――

あなたの生涯の痕跡に、この街に来て触れようと
戦前までは二業地だった「森ヶ崎」の鉱泉跡や
芸妓屋があったとおぼしい裏手の路地を、歩きながら、
　三十年間
運河を見下ろす社屋で、此処で、生きたのだと
アスベスト工場の、隣で、バルブを組み立てていたのだ
　と――

その反復が、悲しいのではない
わたくしが悲しいのだ

白壁

空間が、麻痺するほどの、叫びを
白壁に吸いとられ、揮発する舌。襷掛けの、正座に縛ら
　れて放つ息
紋八端の、座布団へ、剝製にされた呪詛だけが
黒目の両眼をみひらきながら、いつまでも膝を折り
――

〈川之石や、今治でも、夜っぴて紡ぐ、職工を駆りあ
　つめ〉
〈海を越えて、百名ほどの、朝鮮女工を連れかえり〉
曾祖父の、指揮する社屋は、蒼く西窓に海を入れ
駆り立てられた息の音にも、痣にも、日録はふれなかっ
た
狂信的な貨幣によって、歯止めを失った身体の、止血を
　拒んだ手足にひらく
倒錯でしかない痣模様

社史の掉尾で断たれた年譜に、女工の「生涯」は見あたらず
あの頃なした罪業の、それへの処罰、そうつぶやいて
晩年は、葉巻もやめて、酒にも濡らさぬ唇だった
白壁よりも純粋な、一《いっ》なる空間を夢想して
そこに、精神がゆきわたるまで、正座へおのれを封じ込めて――

女工とともに床に並ぶ、注油のあとの精紡機
それが、労働であることに、気づいてはならぬ時間なのだ

首都

　部屋から生まれた音楽なのに、残響はまだ、遠いままだ。金だらいを、雫が数滴、間遠にたたく硬い音。まばたきしても、水源は、視界のどこにも捜せない。

　洗礼名は、セシリアだった。はげしく音楽を生きた聖女。殉教の、剣の下でも、ホザナを唇は唄っていた。

　塔が、塔の影と混ざり、塔でも影でもなくなるときの、淡い、一瞬の空白から、遠望される彼女の火。誰かが還ってゆくたびに、光り始める土の上へ、ジュラルミンの破片のような、翼の影が墜ちてくる。それが、鋳割れた街だとしても、あなたが生まれた土があるなら、そこに、かすかな声がするなら、故郷、と呼んでもかまわない。この世のふちに浮かぶ小島の、一度は滅んだ首都であっても……。

「わたしの田舎はどこにあるの」夏になるたび、わたしは訊く。「東京よ」「東京ってどこ？　神さまもそこにいるの？」。原っぱから生まれた子供の、瞳が、大人になれないように、わたしの田舎は、首都のどこかで、いつまでも霧のまま、路面電車が消えたあとも、わたしを、呼び入れはしなかった。ここにあるのに、ここにないこと、そのことを生きる土が、灰から生まれた霧の街の、日暮れの音楽をささえていた。膝小僧を地べたに置いて、軍服で立つ街路の人の、アコーデオンの蛇腹が大きく、

夕陽の中でひらかれて、白金行きの路線バスの、窓へも呼吸がほのかに透けて、鉄砲坂を、本を抱えた背中が、ゆっくり登ってゆく。

「ディパスカさんはね、タイプも打たずに、珈琲ばっかり飲んでるの」。四ッ谷のエンデルレ書店に勤めた三年間の想い出を、母はいつも、宝物を並べるみたいに語ってみせた。琥珀の文鎮。レミントンを、ばらばらの指で叩く音。オレンジだけでランチを済ます、恰幅のいい若社長。トロリー・バスに揺すられながら、母が眺めた街路樹を、まだ焼け跡の臭いの残る、真っ青な夏空を、これから伸びる赤い塔を、わたしはありありと想い出す。東京が、在るものでなく、想い出すものになったとき、そこに、わたしは、居るだろうか……そんな、訝りを抱きながら。

霧の中のディパスカさんや、街の凹凸をなぞる坂が、少しずつ、母の外へ、歳月とともに移行して、母にも、誰にも入り込めない、空白の部屋へ去ったとき、わたしは、納戸に束ねてあった、古い革装アルバムの、そこに写っているものよりも、写っていないものの影へ、時間を掘り起こすようにして、耳を傾ける者となった。サーキュラー・スカートを、広げてソファーに座る少女。花嫁に、拍手を送る、エンデルレ氏と同僚たち。モノクロームの、どの光景の、証人にもなれないまま、わたしは、写真の表面だけを、横切る瞳にすぎなかったが、一葉一葉の瞬間を、自分の空白に写し取り、もう一度、小さな声で、言葉にし直すことはできた。昭和のはじめ、首都東京の、坂の途中で生まれ落ちた、女の、ささやかな断片を、他人のように遠い声を、失われた電車の音を、ベッドで静かに、母は聞いた。いや、ほんとうは、聞いていたのは、わたしだけかもしれなかった。母はすでに、一番深い眠りの近くにいたのだから。

「洗礼名は?」「セシリアです」ほどなく、わたしは告げるだろう。白いリネンに横たえられた、冷たいひたいへ十字を切り、芳しい油をさずけ、司祭は祈りを閉じるだろう。どの街並みの地層からも、静かに湧いているはずの、泉の底へ、一人ひとり、雨粒のように吸い込まれ、ディパスカさんも、街路の人も、もう誰ひとり、首都にはいない。

乾ききった唇を、潤すように名前を呼ぶと、雫がはじけ、肺の奥から、束の間、あたたかい霧が立った。

写真帖

眠りごと、持ってゆかれて
苛むばかりの、赤い針だ

暗がりを打つ鼓動音に、鮮やいでゆく遠い夏の、浅間丸の
船尾にはためく日章旗に、見下ろされ
肩揚げの着物を端折って、泣き顔のまま
甲板に、しゃがむ少女の、哀しみの源流に、母よ
私も、居たのではなかったか

生家が真昼、炎に呑まれ、煤けた梁だけになったとき、
　二階の窓から
庭へほうって、ようやく持ち出した一冊に

暗褐色の人影として、静かに収まり
色褪せながら、飯櫃もない、小暗い厨の、誰の
滅びの、まえぶれであったろう
迎えるための戸口で断たれた、半身から、また尾がうまれ
写真に、撮してはならない指が、真夜中
剝がされた鍵盤を打ってゆく

誰かに、写真機で覗かれているときの、視線の遣り場を、
　空に定め
(そこから、慟哭が、聞こえるのだ)
加速する針。私は、瞳を、ただ背後から
見ひらくだけの、あなたへ、どの旗も手渡せず
眠りに、いっときも戻れない

葉域

枝積みの音

その先にまだ、三叉路のある別れ道から
——道連れと手を切ったろう、跨いで真水もかぶった
　ろう
遠回りして、旧道沿いに、狩り場へ戻って歌碑も過ぎ、
この身を、川面へ繋げるための、交点となる橋に来て
——そこに、母が、居るというのに。見えない父も、
居るというのに——境目ですか？　弾けて水へ、枯れ
実が、静かにこぼれていった。

狂いとは、だがよほど哀しい、星座のかたちの乱れのよ
　うな
開封されない巣箱のような、痛みを孕んだ生滅苦
朝、スコップの、ひんやりとした土へ
差し込む尖端が、まだ誰ひとり、拝んでいない、小さな
　氏神を掬いとる
戻しかけて、そのまま抱《いだ》いて、土にしたたか汚されあっ
　て
蜜が兆せば、祈りも籠めずに冥府にまで疼く血を
誰として、いま、啜ったか。どの名で、何処で、生を遂
げたか——晩年、父が、記憶に少しも、接続できずに
苦しんだのも、忘却ではなく、すべての未知が、既知に
変ずる混濁も、あれも、ひとつの乱脈として、刻み込ま
れた受苦だったのか。「モウ、サンドメダ」「サッキ、キ
イタヨ」、既視感という飽和のなかで、四隅のすべてに
自分を立たせた部屋の、鍵穴を覗き込み——。

払い除けても、視界の隅から、消え去らない破片が
　あって
風景ではないみずうみの、一部のように、鈍く光る
揺れない水面《みなも》。この世でいちども出会えなかった人
　たちと、すれ違う窓
二つの硝子が、悔恨のように濡れてくる——
防風林。単行列車の、幻にしか見えない青の
どの一輛でも渡りきれない、日暮れのなかの陸橋と
夜を、そこから、抜けようとする、誰かの視線の、面影

　に絡まって
押し寄せる草。眠りの外は、いつも
瞼に、複数あって——どの夕空へ身をまかせよう
きょうは、菱原であなたと降りた

そうして川を、息の底から、眩しく、完全に見るた
　めの
あらたな忘却を遮るための、視力さえ、目に持てぬ
　まま——

手を伸ばせば灰のある、静かなひと日も遠ざかり
わたしが一度も、この水辺から走らせなかった人影が、
　その人の目で
背後から、覗き込まれる気配があり
鳥の、獣の、思いの底に吸われてしまった光景が、あな
　たの既知から抜け出して
ふたたび、此処に、立っていた——
一度は、なだめた錯乱を、道連れとして身に許し、旅と
いうより、通過にすぎない、独りの風音に逆らって、濁
流を刺す枝の先から、また爆ぜてゆく赤い実の、亀裂が、
巨木のような不動へ、烈しく鼓動をふれるとき、枝を取
り巻く葉むらの奥に、神とは別の領域を、わくら葉だけ
が祭られている、小さな祠《ほこら》を、わたしは見た。

鎮灰

ようやく、灰に、辿り着いた
傾けられた炎の向こう

素性のわからぬ壺の底の、夜を疼いて果てている、その
　堆積が
一粒のこらず、灰が、消滅であるならば——
かぼそい視線で、沖を見やって、祈りの角度で立つひと
　の
唇から、いま生まれたばかりの

傷として、また呼び出され
いさり火に透け、もう背後から、求めるしかない遠い肌の、裂け目に
始まりが覗いていた。終局のないその洞《うろ》を

映すばかりの、壺の置かれた、部屋は、四隅が、ひんやりと脈打って
湖面のような静まりが、暦の静まりとまじわった
そこに、ひかりが、生まれるとき
消え入る等量の闇を追い、影が、影と、そむきあって、灰の沈黙に立ち尽くす
泥土から、夜ごと目覚めて、揺れあう、慟哭の肩として
———

それは、死の、痕跡なのか、それとも生の？　声も、揺れ

透きとおった俤が、灰の、すみずみを潤して
眠られなかった夜が、遠くの、暦にしずかに溜まっていった

旅跡図

瞳ではない二つの空処が、山肌のどこかに在って
そこから流れる視線に、しずかに、歩行の足取りを見られていった

梔子色の紙筒からは、点描し終えた旅跡図
——不遜だろうか
他者《ひと》の歩行に、わたくしの身を添わすのは
あなたを、追認するための、藪蔭に手を伸ばすのは

三岳薬師を後ろ手に見て、森ではしるべも看過できず、仙境ヶ原を歩く背中が
緋沼のふちから呼ばれていた
風で柳が北へ流れて、瞳が、青磁に濡れる朝
あの薄雲を凌駕しながら、わたくしだけが見やる尾根の、

　挑むかわりに
聳える山の、聯関しあう高さがある
歩かずとも、ただ、思うだけでも――
ひかる名前を呼びながら

しばらくは身を霧へあずけて、わたしへ、ほのかに沿う
　道の
翳りによって引き寄せられた、この世の非命を嘆きあ
い
山頂からの、豪雨にしたたか、食い破られた蜘蛛の網《い》の、
　空窓に
まだ揺れている、絶え絶えの糸。黄泉の塵
灯りを、ひそませた音だった――
弛んだ鼻綱をからめ取り――
ふたたび、荒れ野へ駈け去ったのは、おまえではない、
　わたしのほうだ

呼び合うことで侵しあい、ひっそりと血を醒めてゆく、
　地の亡声が

そこからの火へ、恋情として封じられ
ひかりを、何度も奮い立たせて
その、沈黙を、とめて欲しい――
脚絆姿の流民たちが、喚《おら》びを、背後から引き延ばす
暮れ方、水辺の影を掬って、この手で、青いまま掻き寄
　せた、山塊のように
懐かしい、気流をのがれた凹凸に、触れようとして
探る斜面は、すでに、乱伐の余地もなく
ただ風圧の、殴打をこらえて、見晴らしのない塔が建ち

帰路にまぎれて、やがては霧に、立ち籠められる首塚に
まあたらしい日付を彫って、暦の、進行をはばむ指
黒い僧衣の麻を犯して、誰かが、わたしの黙視をまたぎ、
　木橋のはずれ
夜風が土管を吹き抜けてゆく音がする
夢に、濡れながら触れてきた――
じぶんの声だけ、聞こえなかった――
遮蔽のための掌で、最初の痛点も払おうと、盈ち虧けの
　ない月のひかりに

射られた両腕が差し込まれ
切っ掛けだけに翻弄される旅の途上の昂揚と、路銀の代
　わりの
わずかばかりの荷物も、日ごとに身を離れ

すっぱりと、肉体だけの、旅人として立っていた
炉を満たす灰。障子の気配。仄めかされた透き間から
れんげ田のまま五月を越した、休耕田と、土蔵が見え
葉擦れのような、一語だった――
地名が、黙音が、ふるえていた――
それから、足場も背景も棄て、瞳と瞳をひらきあい
釣り船で夏、往き来しあった小さな緑の島影を、山から
　の気を浴びながら
汀をはなれた丘で見ていた
もう影として、黙《もだ》すしかない街の、木蔭の絵図をよけて

凪、と呼ばれる錯覚に、狂れまいとして果てている、か
　つての小舟
その去りぎわの、白波を打つ櫂を待ち

――一対の鈴。一対の音
炎を、まぬがれた空洞で
生き延びたまま、瞳が、いま、光源のように見ひらかれ
すでに、記憶ごと潰えたはずの、頭蓋の
裏側を照らしだす。その日から、身のかたわらに
消滅のための、白い箱――

灰にも、肉体があるかのように、明け方、やわらかく指
　でふれた

空閑風景

風景のどこかで音がするたび、わたしの聴覚はすくみあ
　がり
この世の存在がたてる響きの、ひとつひとつが骨髄をふ
　るわせた
悲報のたえない産油国の、執行前の火刑のニュース
一度も内乱を知らぬ国の、収束を見ぬ擬似論争。それら、

喧噪の文字の流れる光沢画面を折りたたみ
巨木の気配に包まれながら、はじまりの土を探っていった
発芽をゆるし、根をはびこらせ、腐臭もかかえ込む寛さによって
土の完璧な静寂が、日々侵されてゆく刻々を、わたしたちは脱皮と呼び、そこへ
みずからを煽り立て、挙げ句、劣形の灰に帰して、生体としての痕を絶つ
その繰り返しを、だが、生涯とも、喜劇《コメディー》ともいまは言うまい
空閑地から生まれた者には、ただ街だけが、灯火《ともしび》だから

——

開封せよ、ひかりを介して運びこまれる朝を見よ！

希望を失わぬ懐疑主義者——人は、あなたをそう呼んだ。この世のすべてを疑いつつも
ニヒリズムとは馴れ合わず、孤独な眼球を見ひらきながら
死者の内側に立てる者。その高潔を、つらぬく狂気を、狂気とすら感じさせず
自由で、果敢で、やさしさ以上の言葉に、殊のほか鋭敏だった
いつかパレスが、市民のためのセントラル・パークになったなら——元コミュニストが語った夜の
あなたの静かな反駁を、空閑という一語とともに、わたしは、音もなく思い出す
パークというより空閑地。誰のものでもない空間
郷愁を欠いた原風景さえ、持ち合わせない背中のこと

——

空へ、極限の高さを並べ、空間ばかりを積み上げながら
拡張してゆく、都市と呼ばれる際限のない欲動と、累積させてはならない汚濁の、侵蝕に
ただ身を晒し、わたしは、旅とは別の歩幅で、螺旋の勾配を辿っていった

流し込まれた空間からも、射し込んでくる可視光に
青い内部を寸断された、撤去のあとの連結具。砂丘を模
　したスロープの、明るい上昇に導かれ
絶望さえも手なずけられぬ愚かなわたしの身体は、すべ
　ての終わりを始めるための
漸近的な口火となり、やがては、移動と加速によって
ひとつの空間へ乗り上げる。酷薄な、その末路に対して、
　どれだけ切実になれるかが
ナビゲーションを断たれたあとの、往路で、激しく問わ
　れていた
まだ、充足を知らない部屋の、身悶えに似た揺れの果て
空間のまま消滅し去った、あの朝をまた呼ぶために
――――

電解質と塵の混じった、汚れた霧雨を遮って、風景のな
　い窓に映った木製書棚へ手をのばし
書物《ブック》という名の書物のページを、あなたが静かにめくる
　部屋から

決壊すれば、決壊するだけ、肥大化してゆく街は見えた
いかなる限界づけからも、解き放たれた意志のもと、空
　閑地の増殖が
憂慮の的として報じられ、高さの異なる電波塔の、光が、
　建築を俯瞰して
画像と化した空間へも、未完の影として横切った
はじまりの土は、その空隙に、むしろ確かに存在し、起
　源と土とを弁別すべく
光のペン先で指す虹の、さしあたってはその血の色に、
　殉ずるほかにすべはなかった
物理的な破壊なしには、消去不能なメガデータ
時報のように反復される、その改竄のただなかに、破局
　の日付を引き延ばしつつ投擲される空白を
わたしは、あなたの書物にならって、死、と呼ぶことも
　可能だった
オノマという名は、ただ神だけに、許されている名前だ
　から――
書物《ブック》が記した一行さえも、すでに、記憶から遠ざかり

紛いもののマントルピースが、生家の、北向きの寝間に
　あり
追い込まれた部屋の四隅で、生き延びた火が揺れていた
炎を殺す――消すのではなく、いつも、殺すとあなた
　は言った
焦土が話題に上るたびに、引き寄せられる故郷《ふるさと》の、青草
　もない、眩しいような空漠を目に入れたまま
衰えた樹の、幹を揺すると、土へ、ばらばらと音が散り
空間だけが張りつめている、部屋の、白壁に立つ影が、
　希望の尖端を包み込み
名付けようとする声がした。空間が、壊滅すれば、わた
　しも風景も消えることに
気づかぬままに掘り起こされた、土壌に、はじめての雨
　が落ち
光線だけが乏しい街の、半ば朽ちかけた天涯に、押しの
　けられた満月の、眩しさだけが濡れていて

厭世でも、達観でもなく、非空間への嫌悪から
肉体以外の所有物を手放すことを欲しながら、その欲望
　さえ遂げられぬまま
脱皮の反復を生き続け、すなわち、卑小なフェティシズ
　ムへの、親炙と反目を繰り返し
欲望は、ただ逆説的な、外部へ移動しただけだった
統計によって呼び換えられた、新種の単位に測られなが
　ら、誰もが
迷妄と引きかえに、おのれの空間を癒やそうと
最後の鉄道旅行のためのアジテーションの先触れと、置
　き去りにした土を捜して
昂ぶる郷愁に呑まれていった。歩幅をゆるめ、決して空
　へは、羽搏くことのできない舌で
おのれを、存在たらしめている、名前の律動を脈打って
――
たったひとつの唇を、根に持つことの限界を、追憶され
　た他者の舌への

転位のすえの撞着を、言葉による知の滞留を
あなたは、誰よりも憂えていた。知識人の阿片にも、民
　衆の阿片にも溺れずに
二重の屈折を貫くことで、あなたはあなたを演じ続け
光沢画面で脈打っているモノクロームの臓器の中に、自
　らには起因されない、影が
巣くっていることを、告げ知らせる二文字の声を、空耳
　のように聞いていた
いつから、こんな異世界を、身に孕むことになったのか、
　そこに、はじまりの土はあるのか
空洞だけの場処なのか――聴き取ろうと構えるそばか
　ら
途切れはじめる光点の、肉感的な谺《エコー》のような、擬音が、
　いつまでも消え続け
残響よりも幽かなひびきで境界層に触れながら、衰弱が、
　はじまる前の
わたしの空所にも食い入った。かつて光を、痛みのなか
　で、産み落として果てたのち
空所は、静かな海のように、老いを迎えたはずだった

そこを、やさしく満たす言葉も、言葉が引き裂く空隙も
――

それから、病巣を宥めるための、神話が、土木史と対置
　され
未踏のガイアに包摂された港湾都市の残映が、まあたら
　しい臨海ビルと、監視網の狭間から
見えない爆音を響かせながら、系譜の塔を伸ばしていっ
　た
イディオムだけを読みあげてゆく、夜明けのヴォイスレ
　コーダー
言葉と種が分離し終えた、はじまりの土の積層へ、塔の、
　隠れた心臓部から
はかない拗音がばらまかれ、地中の沈黙に、弾かれなが
　ら、異域の音節と混ざりあう
爆音も去り、空閑地とも、海ともかかわりのない土の
そこにも、あなたは顕れず、わたしの空洞も響かない
俯瞰された最後の街の、中核部から声が湧き、呼び合い

として、交わされたのち
夏鳥が樹を去ってゆく
もう一度だけ、部屋を出ようと、ひとりの風景に入って
いった

＊「臨景」「廃川」は、本文庫収載にあたり、詩集刊行時の文字組みに変更がなされている。

（『空閑風景』二〇一六年思潮社刊）

散文

光の方へ、断崖の方へ

孤独よりも寂しい場所に、言葉とともに決然と立つ。これ以上ないほどに、徹底的に〈孤〉であること――死者のように。同時に、言葉でおのれを外へ擲つこと。

＊

言葉がなければ私もない――そのように白紙に書く。すなわち、書かれた言葉によって此処へありありと呼び出され、白紙の刻々を侵しながら現存する私がある。

＊

外在する光景を、内景として引き込みながら、外景と内景を往き来しながら、再現しながら壊してゆく。〈景〉の錯綜、時制と時制の相剋をくぐり抜けて顕れるもの。五線をはずれた音符の刻む律動が、言葉の斜面に弾かれながら、横切ってゆく光がある。

＊

書かれる以前の詩の言葉が胚胎されてあるところ――それはおそらく私の外、もしくは境域であるだろう。私の常態は空洞だから、軀は言葉を通すだけだ。言葉にとって私は母でも、器でも土でもない。私のもの、と名指せる言葉を、一語も身体は所有しない。常に空無、〈白〉であること。媒質として詩を待つこと。

＊

詩の言葉と向き合う時間は〈現実〉には還流しない。自らの虚ろを素手で、おずおずと探りながら、進行形の時間の中を遡行しようともがきながら、書き継ぐ私は、すべての〈生〉の、あるいは〈死〉の、埒外にある。日付どおりに生きていながら、別の流れに呑まれている。

＊

生地――それは、母胎から剝離され、世界の中でひとりになる場所。柩――それは、世界から剝離され、時間の外でひとりになる場所。

＊

「故郷《フルサト》は？」と問われるたびに、瞼に空白が澱んでしまう。生家の写真を何葉見ても、記憶を一つも呼び出せない。高輪の外れにあった南町アパートの、場所も匂いも、部屋も調度も、何ひとつ覚えていない。畳が団地サイズでね。ひと回り小さいの——母は言ったが、二タ間の生家は、一階、それとも二階だったか——。写真の中の、モノクロームの風草《カゼクサ》が揺れ、カーテンも揺れ、記憶を擦り抜けてゆくものの、感触だけが、瞼にある。

自分が生まれた時間を見つめる視線を、私は欠いている。

＊

半世紀前の瞳で、今朝の山肌を眺めること——。

幾たびかの転居ののち、油面《アブラメン》には長く住んだ。水捌けの悪い土地の、狭い路地の突き当たりの、二階家だった。四坪ほどの庭が、南に囲ってあった。

十歳。盛夏。挿し木をしようと、山椒の木を、両刃の鋸で切っていたら刃が滑って、人差し指を引いてしまった。もう少しで、骨に食い込むところだったな、医者は呟き、武骨な指で肉を掻き寄せ、三、四針も縫っただろうか。目黒通り沿いにあった柳原外科医院は、声の野太い、眉毛の厳つい軍医あがりの院長が、麻酔もなしに治療するので、あそこは怖い、と評判だった。

痛みの中で、はじめて目にするみずからの断面と、白っぽく崩れた肉と、剝き出しの骨、剝き出しの枝——生命にひとしい赤が、傷を溢れる鮮血が、焼き尽くされても無には帰さない一摑みのわたくしが——。

＊

ひとつの日付に光源を置いたまま、〈その後〉を生きざるを得なかった。言葉も、その光源を、日付を、寂寥を背負わずにいない。

＊

磔刑のキリストにも似た、上半身を裸体のまま、炎天に晒して真夏、一人、路上を歩く男。擦れ違うとき、男の纏う空気の昂ぶりと触れ合った。その両眼が見据えるものを、誰も見ることが叶わぬような、激しい瞳。それでいて、不思議にあかるい歩行だった。

油面通りから、目黒通りへ抜ける舗道。家から歩いて二分のところに、アスベスト館があった。父の車が停めてあった月極駐車場の隅で、小石を積んで遊びながら、私は何度もイエスを見た。「ヒジカタ」という男の名前を、知るのはずっと後のことだ。

＊

どの靴底も、容赦なく、黒い地面を踏みしだくので、路地裏でも、庭先でも、真冬になると土が鳴った。シャクシャクと、ザフザフと、砕かれながら音を立て、夜明けの白い光で霜が、脆い柱が煌めいていた。

そのひかりを踏むだけで、充たされていた時間があった。

＊

雨ざらしの棕櫚ぼうきが、立て掛けてある板塀の、薄い隙間を射し込む朝の、かぼそい日差しに郷愁がある。

闇を手懸かりに声を待つ。光を吸い寄せる亀裂がある。

＊

油面の家の庭の土をざくりと掘ってゆくと、白い欠片のようなものや割れたタイルのようなもの、建築の名残のような、瓦礫が出てくることがあった。荏原郡目黒村字下目黒と呼ばれた土地には、ハンセン病の療養施設「慰廃園」が、かつて在った。ちょうど私の家のあたりは浴場の跡地だと、油面商店街の炭屋の主人に聞かされた。

その時からだ。目黒の家を思い出すたび、風呂場を思う。

そこに閉ざされ、生きた人の、背中と一瞬、向かい合う。

白い瓦礫。四〇〇〇人の面影の立つ庭の土——。

＊

私に、書くに値する、沈黙などあるのだろうか——。

＊

写真帳の光景は、もはや私の過去ですらない。過去という名称では一括りに出来ない〈時〉が、幾層にも折り畳まれ、記憶の輪郭をほどいてゆく。
ベルツ水、と母のペン字でラベルの読める硝子壜の、ひんやりとした水位を照らす障子越しの陽のひかり。ほっくりとした白木の箱に仕舞い込まれた帯締めや、白地に紺の唐草模様を散らした手縫いの紅型《ビンガタ》の、春の着物。羹の湯気。棗と椿。花水木。女を一人ゆったりと、包み込むのに必要な、布地の正しい分量を、母の指先は知っていた。裁ち鋏で、色鮮やかな面積を切り分けて、裏地を重ね、一針一針つらぬく糸の道程《ミチノリ》も——。

*

その場所から、すべての道が始まるような一点に、ペン先を置く。〈その先〉のない、極点のような一点にも。

*

一篇の詩の背後にある、書かれなかった言葉の山へ、生きられずにいる過去のような未然のままの声の層へ、思いを致す。存在ではなく、存在の〈可能性〉へ——。生まれる前に埋葬され、黙《モダ》し続ける言葉を思う。

*

何処かに、誰にも聴き分けられない透きとおった音をたてて、ひそかに流れる歳月が、際限のない川があって、横切るとき、射し込んでくる光の根元を手繰ってゆくと、私は、この世を生き終えた、独りの〈声〉に戻っている。

（2014.1）

面影の積層

二階のロビー

　餌を、幾たびも抛りながら、白い羽搏きに包まれて、肩にも腕にもカモメを止まらせ、男は、芝生に立っていた。海沿いの遊歩道と並木道に挟まれた、広場の上を、鳩も混じった、二十羽ほどが、ゆったりと舞う。水を離れて、餌をもとめて、緑の領域に誘《おび》かれて。山下公園。男の周りに、静かな人垣ができている。

　人垣の、そして男の踏みしめている地面の下、そこには、関東大震災で壊滅的な被害を受けた、九十年前の港が、街の瓦礫が埋まっている。外国商館、官庁、ホテル、荷さばき場の上屋や倉庫、居留地の西洋館の赤い煉瓦や、焦土の灰も——。埋めることは、忘れることでも葬ることでもおそらくない。かつて其処に在ったものが、形を変えて、なお在ること。タマクスノキと、マテバシイの、梢が潮風に揺れている。この世から、本当に、無くなるものなど一つもない——見えない地中を思いながら、そんな声を聴いている。

　絨毯敷きの階段を、足音もなく上り切り、ロビーの何処かにあったはずの、ライティングデスクを探す。ホテルの名入りの便箋へ、ペンを走らすわたくしが、古い家族の写真帳に、モノクロームで写っている。母の手縫いのスモック刺繍のワンピースを着た痩せた少女。一人の他人もまだ知らないのに、誰に、手紙を書いていたのか……。

　二階のロビーに人影はなく、日射しばかりが目に暖かく、窓側にある柱の前で、古びたデスクと再会する。父方の祖父は、ここニューグランドのロビーが好きで、最晩年まで、独りで、あるいは家族を連れて立ち寄った。紡績会社の技師をしていた先代が、明治の中頃、繊維工学の技術を学びに渡英したこともあり、イギリス贔屓で、西欧風の、調度や建物、服を愛した。事業にしくじり暮らしに窮して、渡英の夢は叶わなかったが、服装だけは、英国風を頑なに貫いた。帽子も、背広もネクタイも、ずいぶんと草臥れて、バーバリーのカシミヤコートの裏地は擦り切れぼろぼろだったが、祖父は、ロビーの光景に、不思議によく馴染んでいた。綻びだらけのオーバーを、悪びれもせず、堂々と、クロークへ差し出していた、丸い背中が懐かしい。

一階に降り、「ザ・カフェ」に入り、遅いランチを注文する。フランス料理のベシャメルソースと、東洋の御飯を重ね、イタリア風の名を施した、濃厚なオーブン料理。ドリアと呼ばれるその一品は、初代総料理長、スイスから来たユダヤ人、サリー・ワイルが考案した。横浜復興のシンボルとして建てられたニューグランドに、フランス料理の技倆にすぐれたワイルが招聘されたことで、日本の西洋料理の世界に、確かな土台が築かれた。小海老と帆立の入ったソースに、けれどもユダヤの面影はない。ユダヤ教の清浄食《カシェル》では、海老は、食べてはならないものだ。

戦後の一時期、GHQに接収されたこの建物の、マッカーサーが泊まったというスイートルームは、見たことがない。ホテルを出て、右手に港を、海を眺めて、街路を歩く。港の街を歩くことは、面影の積層を歩くこと。その積層から届けられる、無音の声に耳をすませ、詩の言葉を汲み上げては、ペンを走らす「わたし」がいる……。

三年ほど前、若葉の頃、並木の前に父を立たせ、海とカモメを背景にして、私は何枚も写真を撮った。父は、向けられたレンズよりも、もっとずっと果ての方へ、百年以上も前に此処、横浜港を出航し、帆船に揺られながら海を渡った背中の方へ、穏やかな表情で、まっすぐ視線を向けていた。その父も、もう居ない。

小さき者のためのエピタフ

石の数だけ沈黙がある。石は、草地のなかにあった。誘うように左右へひらいた鉄扉を入るまえに、門の脇の案内板で、墓地の歴史をじっくりと読む。関東大震災の罹災者、事故で逝った船員たち、第二次世界大戦後に葬られた嬰児など、名前も素性もさだかならぬ死者の墓が多いらしい。横浜山手の外人墓地も、八割がたが無縁の墓だが、観光の名所としても広く知られるそことは違い、降誕祭に、花を手向けに訪れる縁者を除けば、ここ、根岸外人墓地を、訪う者はほとんど居ない。

刻まれた名前と日付、墓碑銘を一基、一基辿りながら、柵を跨いで、青草を踏み、土にしゃがむ。タンカー「ウカーマルク号」と「第一〇仮装巡洋艦」の、ドイツ人乗組員六十一名が眠る墓。アメリカ人、アイルランド人、中国人の名前もある。信ずる神も、唱える祈りも、話す言葉も異なる者が、名前と日付だけになって沈黙しながら集う場所。桜の古木。鶯の声。湿った地べたを這いまわる蟻。

からからに乾ききった松ぼっくりに躓きながら、石段を上りつめて最上層のA区に立つと、其処には、墓地と呼ぶにはあまりに慎ましやかな光景が、小さな石と、小さな十字架《クルス》をまばらに散らした草原が、荒涼と風に吹かれ、静かに陽射しを浴びていた。

「GIとの間に出来た子供達のお墓ですよ」竹箒を使いながら、男が話しかけてくる。「生まれてすぐに亡くなって、埋められた子も随分います」「土葬ですか?」「戦後のものは、火葬も多いと思うけれど、土葬の墓もあるでしょうね」管理事務所の人らしい。

草むらと、吹き溜まった落葉の中にうずもれた、白いペンキを塗った木切れを組んだだけの粗末なクルス。輪郭も、凹凸も、おぼろになった石の文字。〈スコット・コールの赤ん坊〉〈チャールズ・Hの幼い息子〉手書き風のアルファベットが刻まれた墓碑の奥には、名前も日付も記されない、石ころだけのお墓もあった。「墓標のないところにも、たくさん埋まってるんですよ」

クルスが朽ちても、青草だけを靡かせる丘になっても、一度もその名を呼ばれなくても、確かに、生きた者があった。誰の記憶のなかにも居ない、そんな小さな者たちの、刻まれなかった墓碑銘《エピタフ》を、刻まれなかった名前をおもう。その面影に触れているのは、地中の、湿った土だけだ。「亡き人の懐かしい言葉はどこ?/その人の特技、魂の癖は?」(ポール・ヴァレリー「海辺の墓地」中井久夫訳)墓地というアジールに、堆積する沈黙から、書き起こされた音楽を、詩の一節を思い出す。あの世へひらかれた空間を、流れる時間は、この世より眩しい。

白いクルスの黒い影が、カタバミの咲く地面を伸び、夕暮れ、鶯の声は遠のき、管理事務所の灯が消える。根岸の丘の中腹にある幻のような草地を抜け、私も、小さく影を抱えて、地中へ、もういちど耳を澄ます。

船の在り処

錨を上げ、ゆっくりと、船が陸《おか》から離れたとき、すべての場所から解放されて、真っ青な自由の中に、私も居た。どの大地にも、帰属しない者として。動体として。寄る辺なさを、ただそれだけを握り締めて。

港内を遊覧する観光船の船尾のデッキで、すっかり遠景になった街の、影へレンズを向けていた。シルエットの街にはもう、自分の居場所はないかのように、眺めやって、乱反射する水の領域に投げ出され、東水堤や、コンテナ埠頭や、信号塔を右手へ流し、エンジン音に打たれるたびに、いよいよ青だけになってゆく。

船は外部の内部である——そう書いた作家がいたが、確かに船ほど、己の位置を攪乱させるものはない。陸と水とを移動しながら、繋ぎながら、隔てるもの。内部でもあり外部でもある、場所ならざる小さな場所。船は、海を、孤立しながら漂流する境界なのだ。

わずか六十五分程の、ささやかな船旅の、航路の中盤、つばさ橋へと折り返す手前のあたり、そこで目にする光景に、私はいつも惹き付けられる。原色の箱をびっしり積み込んだコンテナ船、液化天然ガスの詰まった丸いタンクを運ぶ船、ばら積み船、「Del Monte」とロゴタイプのある貨物船。あちらにも、こちらにも、沖待ちの船が停まり、波も立てずに、ただ揺れている。浮かびながら、待っている。貿易港ならではの、それは長閑かな賑わいだが、錨も下ろさず、舫《もや》いもせず、水の途中でまどろむ船は、その所在無さ、浮遊感は、どこか淋しく懐かしい。

港は、外へと開かれたトポスだが、それゆえ、監視や警戒の場でもある。コンテナの隙間に潜んで密入国するテロリスト。麻薬を載せた密輸船や、武器を隠した工作船。それらを、水際で探知しようと、二十四時間作動しながら、ゲートで、あるいは海上で、目を光らせているレンズがある。最新技術を導入した、監視システムの眼球で、出入りする人も物も、私も、静かに見られている。

クルーズを終え、検疫所のビルへ向かって歩いていた。「あしがら」と名前の読める一艘を真ん中に、水上警察署の船が、三艘停まっているほかは、時化ではないので、船溜りには船の姿はほとんどない。晩年の北村太郎が立ち寄ったという小さな店、港湾合同庁舎の八階、見晴らしのいい「喫茶室パーク」。だいぶ前に店仕舞いした、人気のない店内には、けれども昔のままの配置で、ソファーとテーブルが並んでいた。すでに面影となってしまった、誰かを待っているかのように。

「黄が緑にちかいように／死は／どこまでも生にちかくて／／きょうは一日／風がつよく吹いて／しかも／ひっきりなしに向きが変わり／／船／倉庫、ホテル、ガントリクレーン／税関、県庁／どこにある旗もめまぐるしく揺れつづけていて」(『港の人』24)

この席の、この窓から、港を眺めて過ごした人の、視線に遠く寄り添いながら、しばらくじっと船を見ていた。

(「現代詩手帖」二〇一三年五~七月号)

作品論・詩人論

齋藤恵美子『最後の椅子』

清岡卓行

　高齢化が進む社会では老人ホームの数も少しずつ増えて行くだろう。この施設の内部の様子を多角的に活写する詩集が現れた。齋藤恵美子の『最後の椅子』（思潮社）である。作者は老人ホームで介護の仕事をしている中年の女性。老人たちの身の回りや心情を優しくいたわるその持続的な立場なしには、ありえなかった詩集だろう。

この冬
九十八歳になるあなたの声が、くりかえし
おかあさん、と叫ぶとき
わたしたちは、とても、せつない

　こんなふうに単純で哀切きわまる声がひびくもう一方では、戦争中、戦車隊で一人だけ生き残ったという元軍曹の、自嘲のようでも自慢のようでもある話が聞こえる。

戦車隊にいたころの、話が
きょうも止まらない
炎は敵に見つかるからよ
へびやカエルは、生で食った

　これら二つの場面の人物の立場がおよそ似ていないことからも想像できるように、老人たちの生態はじつにさまざまである。私は作者のみごとな筆力によって描きわけられたその多様さに魅惑され、また、家庭で暮らしている老年の自分をそこに投影してみたいという関心もあって、この詩集をくりかえし三回読んだ。

　さらにいくつか、今度は詩のなかの光景を直接にそして簡潔に描いてみよう。ある老女は手にしたコップの水の透明な美しさに見とれたまま、しばらく水が飲めない。また、ある老女は廊下の隅から車椅子を両手で回し、「泊めてください」と好ましい老爺《ろうや》の部屋を訪ね、オムツでふくらんだ二つのお尻を並べて、手みやげのだんごを食べる。

これらの場合には、登場人物の胸のなかに微風が吹いている感じだ。しかし、不潔な、あるいは無残な光景もある。

老人たちを立たせてオムツを外すと、うんちが落ちてきて、介護の手がそれを受け、便器に流すことがある。その場合、老人たちの反応はいろいろだ。介護者を拝む人。「親御さんに申しわけない」と言う人。そんなことしてなにが面白いと呆《あき》れる人。

たまには、こんな現場がある。食堂の丸テーブルを囲む三人のうち、老爺が椅子ごと転倒し、床に血が流れ、救急隊がくるが、ともに食事していた老婆二人は素知らぬ顔で、自分たちの豆腐の無事をのんびり眺める。

私に最も印象的であった光景は、よりよい環境を求めてやまない老女の姿だ。老人ホームを出るが、長男の家にも、自分の生家にも落ち着かず、戻ってくると介護する人の背中にしがみつき、出してほしいとわめく。

作品の個個をふりかえると、老人ホームという特別な環境における普遍的な人間の真実という対応の詩学につらぬかれていることがわかるが、いま触れた詩などは、環境そのものを拒む青春の衝動に通底するなにかをも秘めているようで、詩集全体の構造は柔軟で奥深い。

とにかく、これら緊迫したスピード感をちらつかせる変幻の光景の連鎖は、小説でも評論でもなく、詩集によってはじめて実現できた独特な小世界ではないかと思われる。

（「朝日新聞」二〇〇五年九月十三日、『断片と線』所収）

伴侶としての言語——齋藤恵美子の詩世界

横木徳久

齋藤恵美子の『異教徒』『緑豆』『最後の椅子』『ラジオと背中』『集光点』の各詩集は詩法、題材、モチーフなどにおいて、それぞれ著しく異なっている。にもかかわらず、いずれの詩集にもどこかやるせない感情が漂っている。それは何に起因するのか。まず、いちばん新しい詩集『集光点』からその手がかりを探り、遡っていきたい。

私の中では　まだ
脈打っている一つの名前
フェイジョアーダを食べていた
汽車道を来て　新港地区の
赤い煉瓦の倉庫も　光る橋も見えるテラスカフェで
ブラジルの
もともとは　奴隷の料理　（「フェイジョアーダ」部分）

詩集『集光点』は、日本で働く様々な国籍を持つ移民たちを描く詩篇と、記憶の世界を異国のように描く詩篇を中心に編まれている。特徴的なのは、「名前」「名詞」「母国語」「日本語」「言葉」「一語」など、言語を示す言葉が頻出することである。しかもその言語はコミュニケーションとして機能するものではない。むしろコミュニケーションを断念したうえで、言語の別の面を照らし出す。

名前も　ひとつの郷愁だから　知らない抑揚を舌にのせ
沖待ちの船を数えて
信号塔から　岸へ戻り
遠い夏の　艀で積み荷を　陸揚げする人足たちの
姿と汗を思いながら　感じながら　（「居留地」部分）

「名前」が「郷愁」であるのは、言葉というものに過去や歴史が滲み込んでいるからである。だから、「私」は

「フェイジョアーダ」を食べているのではなく、その言葉から蘇る記憶や歴史を味わっている。そしてその言葉の中で移民たちの母国への望郷を想起し感応する。おそらく言葉のコミュニケーションによって、お互いを理解しあえると考えるのは過誤であり、思い上がりにすぎない。言葉はそれほど便利なものでもないし、きわめて不完全なものである。それでもなお私たちはその言葉に頼って生きていかなければならない。

見えない森にしんと広がる思念の言葉を一行一行辿っ
　ていると
この世から、荒々しく、もぎ取られてしまったものと
もう一度、言葉の中で出会えるような気配がして

（「観念の壺」部分）

おそらく選択的に「言葉の中で出会える」のではなく、「言葉の中」だけでしか出会えないのだと思う。移民や他者の切実な現実を齋藤恵美子がどれだけ把握できているかどうかが問題なのではない。言葉では決して把握できない現実を充分に知りつつ、それでもなお言葉によって捉えるしかない矛盾を彼女が引き受けていることを見なければいけない。その哀しい矛盾がやるせない。

『集光点』に先立つ詩集『ラジオと背中』では、「言葉」や「名詞」に代わって「声」と「音」という語が頻出する。それは玉音放送の「ラジオの声」であり、「戦争の立てる音」であり、戦時中について語る祖父や父の「声」そして戦争の思い出や記憶を話す祖母や母の「声」である。たとえば、父の少し欠けている人差し指にある日気づき、訊ねると父は「裁断機にやられたんだ」と答え、勤労動員だった「昔の話」を始める。その話を聞きながら作者は次のように書く。

軍隊に行っていたら、指先どころじゃないからな
父の口からもれたのか、それとも
人から聞かされたのか
昔をめったに語り出さない男の、つぶやくような声が
いまさら耳に重くひびいて、小鳥の声まで
混じりかけた

（「父の指先」部分）

戦後生まれの齋藤恵美子には もちろん戦争体験はない。だから「声」というのは父母や祖父母が語る「声」であり、すべては「伝聞」である。こうした間接性の中で、追体験と呼べるようなリアリティを得ることはできない。そのはがゆさを作者はよく知っている。

体験というへだたりを、想像力で埋めるためには
あの日へも、戦争へも
娘の方から歩み寄らねば、ならなかった、私には
（「写真の外」部分）

間接的な「伝聞」から実際の「体験」へと接近するには「想像力」を働かせるほかはない。だが、その「想像力」にはいったいどれだけのことができるのだろうか。いや、そもそも本当の「体験」ですら「声」を媒介にして成り立っていたではないか。

父はあの日、ラジオの前で、あっけなく生き残り
あっけなく一人だった
ラジオは、戦争を終わらせた
（「写真の外」部分）

むろん「父」だけでなく、「あの日」つまり八月十五日、ほとんどの国民が終戦を知ったのは玉音放送という「声」からであった。実際の「体験」もまた「声」という間接性によって「体験」する場合が多い。私たちはそれだけ不確かな「現実」の中で生き、不明瞭な「体験」をして、曖昧な「記憶」を形成していく存在だともいえる。それを補っていくのが「想像力」と呼ばれるものだが、その「想像力」によって出来ることは限られている。

「戦争の話になると、父が、瞳を光らすことが
母の声がわかやぐことが
わたしを、きまって不安にさせる
やりきれないが、その郷愁を、責めることが、できない
いのだ」
（「八月の声」部分）

戦後教育で飼い馴らされた画一的な思考を突き崩して、

相対化するのは容易ではない。「想像力」はそれを少しだけ修正するにすぎない。だが、そのわずかな糸口も手放してしまったら、私たちは大事なものを失うだろう。だからこそ、「声」へと「娘の方から歩み寄らねば」ならず、ひたすら耳を傾けなければならない。その発端の場所に立とうとする詩人の意志がやるせない。

こうした「言葉」や「声」という間接的な「体験」への処し方は、作者の間接的ではない「体験」によって培われたものではないだろうか。それは、『集光点』『ラジオと背中』に先立つ詩集『最後の椅子』での「体験」であったと思う。

詩集『最後の椅子』は、ある老人ホーム、認知症が進行している老人を介護する施設で勤務する作者が、その老人たちとの日常生活を描く。「うんち」や「おしっこ」をもらす人、何でも「口に入れる」人、「自分の名前も言えない」人、「そーらん節をうたう」人、「叫んでいる」人、「暴力」をふるう人、「妄想」にとらわれている人、「拝むばかり」の人、いろいろな老人が登場する。すでに現実社会とのコミュニケーションは崩壊している。
「言葉」や「声」によって意図を伝えようとするのは不可能にちかい。

わたしはけれども、どんな思いも、ここでは
声には吐かせずに
ささえたものを便器へ流し
静かに、うんちを、ふいてゆく　（「個室で」部分）

この暴力と通いあう、単語を
わたしは探せないが
気もちのガラスに石をぶつけて、無理やり侵入するよ
うな
ことばだけは返すまいと
返されまいと、言いきかせる　（「単語の人」部分）

伝達としての「声」や「ことば」はここでは無力である。もし可能なことがあるとすれば、それは肯定するための言葉だろう。認知症の老人はコミュニケーションが崩壊しているが、自分の頭の中の世界つまり幻想や妄想

には意外と脈絡が通っている。作者はまずその世界に耳を傾ける。

Sさんにも
妄想にも
明るくさりげなく寄り添って
しばらく、こぶしをなだめるように、包みこんであげ
　ること
お年寄りのまぼろしに
世界に、付き合ってあげること　（「けものたち」部分）

近親者もこんなふうに老人の「妄想」に「付き合ってあげること」がよくある。その「世界」を肯定してやり、その「世界」に参加して談笑したりする。老人にとっては、頭の中の「世界」は現実社会よりも実在感がある。時として、こちら側つまり我が身の現実の薄っぺらさのほうが透けて見えたりもする。それはともかく、これは偽会話であり、コミュニケーションではない。私たちにはただ肯定してあげることしかできないのである。その意味では、肯定してあげる位置にも行けない近親者もいるような昨今、作者は本来の家族の位置に立っているといってよい。それは職業意識のなせる業だけなく、詩集の冒頭に認知症になった父を描く作品が置かれているように、自分の肉親を重ね合わせているからだろう。肉親も含めそうした数多くの事例を見てきた作者なら、次のような場面においても過大な期待を寄せているはずはないと思う。

おんなの起伏を、ゆっくり遂げた、ちぶさの歳月がい
　とおしい
そのけだかさ、その生きたささを
叱ることはよそうと思う
ごめんねぇ、すまないねぇ
べとべとの手が、握ってくる
わたしも握る
　　　　　　　　　　　　　　　（「ちぶさ」部分）

「手」を握りあうことで心が通じあっていると思うのは楽天的な錯覚だろう。ここでは何も通じあってなどいな

い。ただ存在を感じ、その存在を肯定しあっているだけだ。だが、その実在感は、意思を伝えようとする言葉よりも重い。伝えようとする行為じたいが卑小化される。ここでも「言葉」や「声」は敗北している。そう考えると、『最後の椅子』で描かれる写実的な場面は、普通に言われるリアリズムとは異なる性格を有していると思う。『最後の椅子』以前には詩集『異教徒』と『緑豆』の二冊がある。紙数の都合で例示はしないが、この二冊がきわめて対照的な詩風であることは瞭然としている。『異教徒』では観念的な語が織りなす非現実的で抽象的な世界が描かれ、『緑豆』では平易な言葉を使って現実的で具象的な日常世界が表現される。この抽象性と具象性の交錯する地点に『最後の椅子』があると推察できる。つまり、抽象の側からでも具象の側からでも、作者は展開できる言葉の術を得ていたが、切実な現実の中でそれは突き崩される。「言葉」や「声」の敗北から『最後の椅子』は生まれている。だから、そのリアリティは言語によって精確に描くという意味での写実性とは異なり、精製されたリアリティとでも呼べるものだろう。

こうして「言葉」や「声」の敗北を充分に認識した中で、『ラジオと背中』と『集光点』という詩集が書き継がれることになる。その意味でも、詩集『ラジオと背中』の最後に「八月のバスの中で」という詩が置かれているのはきわめて示唆的である。この詩は、バスの車中の冷房が強すぎるので、作者が「はおりもの」を取り出し、狭い座席で着ようとしたとき、隣席の「おばあさん」が手伝ってくれた、そんな日常のひとコマを描く。そして「おばあさん」の「指先」の感触を作者は次のように書く。

こんなふうに、思いがけない他人の指に
包まれたのは
静かな、しみとおる指先は
ひさしぶりだ、とわたしはおもう

それは、何かの始まりでも
何かの終わりでさえも、なくて
羽毛のように舞い降りた、その場かぎりの

親切だったが
なぜだろう
肩が、なんども、あの席に座るのだ

（「八月のバスの中で」最終部分）

これは至福の瞬間である。先述した詩「ちぶさ」において握りあった「手」と同じように、言葉を必要としない実在性の感触である。だが、この感触は瞬間の至福であり、一瞬の休息にすぎない。「その場かぎり」であることは作者も知っている。なぜならば、詩人はこの至福の瞬間を去り、再びあのやるせない言葉の国へと戻っていかなければならないからだ。

筆者付記：二〇一五年三月、書き下ろし。詩集『空閑風景』刊行以前に執筆したものである。

時間のなかに在る者が……

――齋藤恵美子小論

野村喜和夫

ある決定的な主題が、もしかしたらライフワークとなるかもしれない主題が、鮮やかな詩の一行として不意に立ちあらわれる瞬間というものが、詩作行為には、たしかにあるようだ。不意に、ということはしかし、準備なしにということではない。詩人はその主題の発現にむかって不断の歩みをつづけていたのであり、その果てに、たまたまそれが可視的な一行として結実したのである。齋藤恵美子の第五詩集『集光点』中の一篇、「屋台料理」の末尾近くにあらわれるつぎの一行を、私はそのように読む。

時間のなかに在る者が　どうして　亡き者と出会えよう

このあと、「買わずに棚に戻した語録の言葉」とあるので、この一行は何かの本にあった言葉の引用かもしれない。しかも反語的なかたちで、つまり「どうして亡き者と出会えよう、いや出会えはしない」という意味で書かれていたのだ。このとき、詩人の脳裏には、ひらめいたのではあるまいか、「いや、出会えるはずだ、詩によって、ただ詩を書きつづけることによって」というさらなる否定が、そしてその否定を通して、不可能事に挑む詩人本来の不遜ともいえる決意が——。

＊

私はそのように読む。思えば長い道のりであったにちがいない。一九九〇年代中葉、私や私の詩の仲間のあいだで、ひとりの新進の詩人の名が囁かれたことがあった——「齋藤恵美子の『異教徒』、ちょっと凄いよね、まるで吉岡実の……」というふうに。だが、われわれの追跡を逃れるように、この詩人はどこかに姿を消してしまったようにみえた。十年ちかく経ったあとの『緑豆』は、『異教徒』と同一の書き手によるものとはとても思えないような、身近な事物への軽いスケッチ集という趣であったし、つづく『最後の椅子』も、おそらくは介護士としての体験をふまえての、老いという深刻な主題ながら、タッチは『緑豆』の延長線上にあるたんたんとした日録風であった。

『ラジオと背中』にいたって、ようやく主題的には家族もしくは家系という齋藤特有のオブセッションがあらわれる。記憶や伝聞の底から、軍人であった曾祖父や祖父、技師であった父などがつぎつぎに呼び出され、戦争という副旋律がそこに絡む。「ラジオ」とは敗戦を告げる玉音放送の換喩であり、「背中」とは父の背中である。だがとりわけ印象深いのは、「リュッシャ」という散文詩篇、および「リュッシャ」という謎めいた言葉そのものだ。作中の兵士が口にする「リュッシャ」は、しかし人の「名前ではない」。では、場所の名前だろうか、どこか内モンゴルあたりの言葉で、ロシアあるいはロシア語を指すともきこえるが、「リュッシャにいちばん近い意味は……紅茶をそそぐと、男は言った。火をあらわすセリアーシェという音と、たいそうよく似ている。意味ではない。リュッシャは意味に、重ねることはできないんだ」。そして、詩篇末尾はつぎのように結ばれるのである。

あなたのリュッシャと、わたしのリュッシャを、炎の前でふれあわせ、そうして、互いの結び目を、ほぐし合える夜もある。わたしにとって、リュッシャは外だが、まだじゅうぶんに外ではなく、それは、言葉が、あなたへむかって、わたしをひらく支えとなる。

なんと蠱惑的なパッセージだろう。その全体を通して、「リュッシャ」という語の謎はますます深まるばかりなのであるから。それでも、以下のような読み解きは可能だろう。「リュッシャ」は「リュッシャ」というしかないような、ひとつの絶対的な固有名、あるいはひとつの空虚なシニフィアンであり、そのようなものとしてしかじかの意味に還元することはできないが、それが媒体となって、「あなたへむかって、わたしをひらく支え」にはなりうるのである。ここから例の主題の立ちあらわれまでは一歩であろう。すなわち、「あなた」を死者、「わたし」を生者とみれば、「リュッシャ」とは、「時間のなかに在る者が　どうして　亡き者と出会えよう」という不可能事をこじあける鍵語ともなりうるのだ。

意味を超えた言葉の意味深さがここにある。「リュッシャ」とは、端的にいえば、われわれの言語の意味システムには回収できない異語、こういってよければ、まさしく「異教徒」の言葉なのである。とすれば、――すこしの言葉の遊びをお許しいただきたいが――あの『異教徒』の齋藤恵美子が戻って来ているのであろうか?

たぶん。したがって、これ以降の齋藤の詩業は、いくぶんか『異教徒』の言葉の秘法を甦らせつつ、『緑豆』や『最後の椅子』で鍛えられたスケッチないしはルポルタージュの手法をも深めて、独自の詩の空間をつくり出すことになろう。事実その通りの展開になったのが詩集『集光点』である。書法とイメージにこれまでにはなかった厚みが出て、そのなかで詩人は、自己の不定な位置を不定なままに定める。

私はどこか　よその土地へ移りそこねた者として　こ
　こに居る
あるいはすでに
遠い過去にどこからか移り終え
母国語の音へ　密かに
耳をひらく者として
（「フェイジョアーダ」部分）

そうした位置から、移民や死者をめぐる事物や固有名、無機的な臨港地帯の風景――丹念にそれらを辿り、またそれらの干渉を刻々と受けながら、詩人はやがて、まさに遅れた「集光点」のように発見的言説を浮かび上がらせる。それこそが、「時間のなかに在る者が　どうして亡き者と出会えよう」という反語とのたたかい、すなわち生涯の主題にほかならない。

*

形式においても内容においても準備はととのい、こうしてようやく『空閑風景』の爆発的生成となる。『空閑風景』は『集光点』の拡大的完結編といってよく、いまや件の発見的言説が、日本現代詩にあって、近年まれにみる強度で織り上げられた場所と記憶の詩学として開花するのだ。

それにしても、不思議に蠱惑的な詩集である。読む行為を跳ね返してくるようなテクストの抵抗感と、にもかかわらず、何かしら引き込まれるただならぬ気配とがあり、「なんだこれは？」と、私はその厚みのある言語態のなかへ、もう一度読む行為を向かわせることになる。しかし、本論からは逸れるけれど、これこそが、理解や評価を云々する以前の、詩の権能というものではあるまいか。そして今日、このような詩の力が現代詩の舞台の前面から遠ざかりつつあるようにみえるだけに、私はある種の愛惜の念をもって、それを強調し、それをたたえ、それとともに生きようと思うのである。

さて、このように『空閑風景』へと、二度三度と読む行為を向かわせたさきにみえてくるものとは何か。ひとことでいうならそれは、場所と記憶をめぐっての、秘儀ともいうべき変容の詩学である。巻頭の「不眠と鉄塔」――私事で恐縮だが、「鉄塔」は私の偏愛するイメージ

でもあり、「鉄塔に捧げるオード」という詩篇を書いたこともある――から引けば、

　ひかりを弾く電波塔――生地が、新しい廃墟として
　眠りの中へ戻ってくる

　こうして詩的探求が始まる。ベースとなっているのは、「空閑」な、つまり『集光点』にもみられた荒涼とした臨港地帯の風景であるが、ふと読者は思わないだろうか、この「空閑」こそ、あの「リュッシャ」、あの空虚なシニフィアンが場所として変容を遂げた姿ではあるまいかと。そこに詩人の記憶とまなざしを通すことによって、ある種かけがえのない、聖性をさえ帯びた光の集積地が立ち上がってくるのである。

　待たれたことなど一度もなかった背中へ、静かに差し
　　掛けられる、涼しいドーム
　白昼の傘。その先に立つ送電塔
　張り渡された声の束の、すべての、光の、神経がはり
　　つめて
　――此処にも、居たことがないのです
　――陽射しが、硝子を、折れていました

　この世へ、落剝されまいと、張り詰めている真円の、
　　月のように
　誰かへ向かって、この身をしんしんと注ぎたい
（「孤影」部分）

　すべては「間」に生じるといってもよい。その「間」があるならば、「時間のなかに在る者」であっても、存分に「亡き者」との交流を果たすことができる。あるいは、陸と海との、「父」の不在と「わたし」の現存との「リュッシャ」＝「間」に、ついに宥められた「生地」が、詩の根源とひとつになってあらわれるかのようだ。書き手の生命をも賭したにちがいない、詩的エクリチュールのスリリングな達成がここにある。

（2017.3）

熱い眼窩に――高見順賞祝辞

杉本真維子

齋藤恵美子さん、高見順賞ご受賞、本当におめでとうございます。お祝いの言葉にかえて、『空閑風景』の空閑とは何かについて、私が受けとったことをお話ししたいと思います。時間を超過しないように、紙に書いてきたものを、読ませていただきます。

まず、この詩集には、眼球が、ありません。地に晒された眼窩というくぼみだけが、接触する、目では見えない風景が書き起こされています。それによって、私たちが、選ばなかったほう、生きなかったほうのことまで、書かれている、と思えます。眼球の動きという、志向性の制約がないぶん、風景は膨大で、今ある生を飲み込むような拡がりなんですが、その侵食のキワで耐える、唯一の生のようなものを感じる。光を欲望しない、ひじょうにくらい、湿った影のようなものです。

このくらさ、というのは、本来、あるもの、と思えるんですね。光のほうへ注意が向かう、という人間の、習慣性によって、日常の視野から切り捨てられているだけで。齋藤さんは、「眼窩」によって、志向性に影響されない生をひきだし、たった一人で、それが背後に負っている膨大な風景のひとつひとつと、対峙されている。そういう、詩のなかでも茨の道のような、非常に骨の折れるお仕事をされています。

念のため申し上げると、生きなかったほう、というのは、一個人が、あれかこれか、で、見えていたのに採用しなかった、という単純な選択の話ではありません。もう一つの生、という言い方を許すような甘さは、むしろ、全然ない詩集だと思います。

それで、驚いたのは、選ばなかったほう、というのは、言い換えれば、完全なる未知、ということなのですが、この詩集はそれを書いている、と思えることです。完全なる未知とは何か、というと、〝わたしが、生涯、ついに知りえなかった何か〟という、死の瞬間から生を見渡したときにだけ、浮かぶかもしれない何かです。それを説明するために、中原中也の有名な詩の一節を出しますと、「羊の歌」の1、祈り、にこういう詩行があります。

私は私が感じ得なかつたことのために、
罰されて、死は来たるものと思ふゆゑ。

ここで、感じ得なかったこととは何か、と問うたとき、私たちは、ただ知りえないということを知るだけで、言葉は限界を迎えるわけですが、『空閑風景』という詩集は、この中也の限界の先を、地表ごと掬っている。そういうダイナミズムがある、と思います。

それは、齋藤さんの「眼窩」が、ただ投げ込まれつづける、という受動的態度の、一つの到達点を示した、ということだと思います。一方で、声に能動性を、祈りのように託している。巻頭詩「不眠と鉄塔」には、こうあります。

おまえは、おまえが生まれた場所から
もっとも遠い一点に、声だけで立つ

この、肉体のない声の立ち方。これが、まさに詩の立ち方だ、という思いがいたします。詩の一行目とは、いつもこんなふうに始まっているんじゃないかと思うんです。

さらに、私がドキッとしたのは、死者との対話です。死者を思うときに、祈りの中心にくるのは、死者との接触であって、それがどんなに僅かな、頼りない光であっても、接触を信じるほうを、私たちは選んでいると思うんです。そうでなければ詩は書いていけない、という強迫観念さえ、私にはちょっとあります。でも、齋藤さんは、こう書きます。

亡き人とする対話はすべて、儚い独語にすぎないと、
断崖とは、たった独りで立たねばならぬ場処のことだ
と
（「モノロギア」）

こう言われたとき、あるいは、言ったときの痛覚そのものが、選ばなかったもの、と私は思うんです。たしかに、死者と対話するとき、私たちは孤独な断崖に、立っ

ている。死者の無言を反響させるだけの、じぶんの身体を、ひしひしと感じるときが、まさにそうで、そのことを、詩でこう書いていると思います。

祈りさえも、おのれへ向かって眩しく反響するだけの
積岩《ラハス》の地――その視野を耐え、光点のないくらがりで
（「モノロギア」）

この信じられないくらい、厳しく突きつめられた暗がり、そして、断崖。これは、死者との関係だけでない、ということとも言っておきたいです。

詩「コンケラー・レイド」のなかで、「わたし」が、親しそうな人と寄り添って川の写真をみているシーンがあるんですが、この「わたし」は川の名前を聞けないんです。他者の過去、過去という知るすべのない日付に圧倒されて、詩行の余白という断崖から、転げ落ちるかのように感じます。

この断崖には、ごつごつした岩のリアルな感触があって、読んでいると、その感触が身のうちから染みだしてきて、自分が岩として何万年も前からそこにいるような、動かないものの位置と、ぴた、と重なる。この岩の実存感覚が、齋藤さんが提示された「眼窩」、置きざりの眼窩ではないでしょうか。

ほんとうに、極限的な孤独といえるんですけど、一方で、救われる思いがいたします。たぶん、ここにあるのは、死の特権性という、残酷な無言も、にくたらしい沈黙も、力をうしなった世界です。私たちの眼窩が、岩のように、死後も変わらず、そこに在りつづける、という、今生きている私たちが「選ばなかったほう」の風景が、ひらかれています。あらゆる価値がほどかれ、まさに「完全なる未知」に投げ込まれた、と感じます。私はここに、すごく熱望していた、誰かとの邂逅がある、と信じられるんですね。

さいごに、詩「モノロギア」から少し読みます。

空の密度に一度も精神を触れぬまま、打ち上げられた
岸へも土へもどの巣穴へも身を収めずに、そこだけ熱い眼窩を晒して、地中の瞑目を見据えていた。

この「熱い眼窩」――。この言葉から、伝達されるのは、生死を超えた熱ではないでしょうか。この熱を握っておかなければならない。わたし、という死者のために、と思うんです。

では、ご自身に正直に、細密に言葉を構築していく齋藤さんのお仕事に敬意を表するとともに、このたびの大きなご成果を、心から、祝福いたします。

（二〇一七年三月十七日、第四十七回高見順賞贈呈式にて）

現代詩文庫 235 齋藤恵美子詩集

発行日 ・ 二〇一七年九月一日

著　者 ・ 齋藤恵美子

発行者 ・ 小田啓之

発行所 ・ 株式会社思潮社

〒162-0842 東京都新宿区市谷砂土原町三―十五
電話〇三（三二六七）八一五三（営業）八一四一（編集）八一四二（ＦＡＸ）

印刷所 ・ 創栄図書印刷株式会社

製本所 ・ 創栄図書印刷株式会社

用　紙 ・ 王子エフテックス株式会社

ISBN978-4-7837-1013-4 C0392

現代詩文庫

新刊

201 蜂飼耳詩集
202 岸田将幸詩集
203 中尾太一詩集
204 日和聡子詩集
205 田原詩集
206 三角みづ紀詩集
207 尾花仙朔詩集
208 田中佐知詩集
209 続続・高橋睦郎詩集
210 続続・新川和江詩集
211 続・岩田宏詩集
212 江代充詩集

213 貞久秀紀詩集
214 中上哲夫詩集
215 三井葉子詩集
216 平岡敏夫詩集
217 森崎和江詩集
218 境節詩集
219 田中郁子詩集
220 鈴木ユリイカ詩集
221 國峰照子詩集
222 小笠原鳥類詩集
223 水田宗子詩集
224 続・高良留美子詩集

225 有馬敲詩集
226 國井克彦詩集
227 暮尾淳詩集
228 山口眞理子詩集
229 田野倉康一詩集
230 広瀬大志詩集
231 近藤洋太詩集
232 渡辺玄英詩集
233 米屋猛詩集
234 原田勇男詩集
235 齋藤恵美子詩集
236 続・財部鳥子詩集